FÉLICITÉ DE LA CROIX-ROUSSE

A Georges Simenon,
notre maître.

C. E.

EXBRAYAT

FÉLICITÉ DE LA CROIX-ROUSSE

PARIS
LIBRAIRIE DES CHAMPS-ÉLYSÉES

CHAPITRE PREMIER

Darius Méjean, O.P.[1] avait l'impression, lorsqu'il se rendait de chez lui au commissariat, de se promener dans sa propriété. Il savait tout de la Croix-Rousse. Il connaissait l'histoire de chaque rue, presque de chaque maison et, à l'âge où il était arrivé, il pouvait se rappeler d'autres maisons qui n'existaient plus que dans le souvenir des vieux Croix-Roussiens. En posant le pied sur le trottoir de la rue Joséphin-Soulary, il se prenait pour le gentleman-farmer qui, au réveil, va faire un tour sur ses terres afin de constater que l'ordre y règne, un ordre auquel la nuit n'a apporté aucun trouble. Avant de se mettre en route, Darius humait l'air du « plateau » qu'il tenait pour bien supérieur à celui de Lyon puis, sans se presser, s'en allait d'un pas de promenade, saluant celui-ci, interpellant celui-là, s'arrêtant pour échanger quelques mots avec un commerçant ou bavarder avec une ménagère, s'enquérant de la santé d'un tel, réclamant des nouvelles de jeunes gens qu'il avait vus naître. Par la rue Dumenge, il entrait dans la rue du Mail, gagnait la place de la Croix-

(1) Officier de police, autrefois inspecteur, terminologie qui continue à être employée par le public. On fera de même.

Rousse, empruntait la rue V.-Fort, et arrivait à la rue de la Terrasse où est situé le commissariat. Tout au long de son trajet, Méjean était, lui aussi, sans cesse arrêté par des concitoyens qui, selon la familiarité de leurs rapports, le nommaient inspecteur, Méjean ou Darius et qui, le plus souvent, lui réclamaient quelque renseignement ou plus simplement prenaient plaisir à lui serrer la main. L'humeur du policier était ensoleillée, chaque matin, par ces témoignages d'affection. Elle s'assombrissait malheureusement — et ce depuis quelques années — dès qu'il franchissait le seuil du commissariat, et plus encore lorsqu'il frappait à la porte du commissaire Blaise Bertrand, auprès duquel il venait prendre les consignes pour la journée.

Le commissaire et l'officier de police principal faisaient profession de se détester cordialement. Leur animosité était connue de tous, et des sous-ordres en profitaient pour obtenir de l'un ce que l'autre refusait, mais le plus grand nombre souffrait d'une opposition qui compliquait leur propre existence. Évidemment, le commissaire — qu'on appelait B.B. quand on était sûr qu'il ne vous entendait pas — marquait les points gagnants dans cette rivalité sans entracte, et c'est la raison pour laquelle Méjean voyait approcher la retraite avec un certain soulagement. Plus que deux ans, et il pourrait tirer sa révérence à B.B... Sans doute, eût-il été facile à Darius de passer à un autre commissariat, mais quitter son quartier était au-dessus de ses forces. Né à la Croix-Rousse, y ayant toujours vécu, comptant bien y mourir, il eût considéré un départ à l'égal d'une trahison. Alors, il se résignait à une hostilité permanente dans laquelle, d'ailleurs, il tenait sa partie, son grade et son âge le mettant à l'abri de mesures à l'injustice trop criante. Au vrai, B.B. n'était point un méchant homme, et s'il prenait plaisir à ennuyer

Méjean le plus possible pour assouvir une vengeance à long terme, il ne se serait jamais laissé aller à commettre un abus d'autorité à l'égard de son subordonné. Au fond, les deux hommes souffraient de cet état de choses, mais leurs amours-propres respectifs les empêchaient de l'admettre, autrement qu'en leur particulier. Leur gêne venait aussi de ce que pendant de très longues années, ils avaient été des amis fraternels. Louise Méjean et Georgette Bertrand, toutes deux fines cuisinières, se passaient des recettes de plats inédits, des adresses de commerçants, s'invitaient mutuellement pour soumettre l'une à la critique de l'autre des essais culinaires auxquels ces deux cordons-bleus goûtaient des joies sereines. Et puis, un jour, ce fut le drame. Un drame d'autant plus grave qu'il ne reposait sur rien. Louise avait pris en affection une jeune fille de son quartier qui venait, de temps à autre, chez elle pour des travaux de couture. Georgette ne pouvait supporter cette personne à qui elle trouvait beaucoup trop de suffisance pour sa condition et pas mal de toupet pour quelqu'un qui, n'étant pas de la Croix-Rousse, se permettait de donner son avis sur tout. Les choses ne se seraient pas envenimées si la protégée de Mme Méjean — Jeanne — ne s'était flattée d'être, grâce à sa mère, experte en cuisine.

Parmi les plats qu'elle réussissait à la perfection, le gratin dauphinois était peut-être le chef-d'œuvre de Georgette Bertrand. Elle n'avait jamais rencontré personne qui fût capable de lui disputer la palme. Depuis près de vingt ans qu'elle était mariée, elle n'avait encore pas eu l'occasion de voir un convive — à qui elle servait son gratin — ne pas se récrier d'admiration reconnaissante. Ce dimanche-là, Georgette s'attendait aux félicitations habituelles lorsqu'elle déposa le fameux plat sur la table où les Méjean et les Bertrand composaient un quatuor de gastronomes à qui il n'en fallait pas conter. Ainsi que prévu, Darius prononça l'action de grâce d'usage mais sa femme, sans y mettre la moindre perfidie, s'interrogea à haute voix :

— Je me demande si Jeanne n'a pas raison et si l'on ne devrait pas y mettre un peu de fromage râpé? Il me semble que cela rehausserait la saveur de l'ensemble...

Il se fit un grand silence, celui qui, d'ordinaire, précède les catastrophes. Championne de l'orthodoxie culinaire, Georgette ne pouvait tolérer qu'on proposât d'ajouter du fromage à un gratin se voulant « dauphinois ». Elle ne supportait pas davantage que son triomphe pût être mis en question par suite de l'avis douteux d'une demoiselle n'ayant aucune autorité en la matière. Elle siffla :

— En somme, Louise, vous ne le trouvez pas bon?

Étonnée du ton de la demande, Mme Méjean affirma avec sérénité :

— Pas du tout! Je le juge excellent, au contraire, simplement je me demandais si Jeanne n'avait pas...

— Je me moque de l'opinion de votre Jeanne!

Le débat engagé de cette façon ne devait pas tarder à s'envenimer. Mme Méjean entendit défendre son amie tandis que Mme Bertrand, ulcérée, tenait pour la plus infâme des trahisons le seul fait qu'on puisse comparer le savoir de cette Jeanne et le sien. On échangea d'abord des propos aigres-doux sur celles « qui se croient », de là on en vint à émettre des remarques fielleuses au sujet des talents culinaires de l'adversaire avec de cruels et injustes exemples à l'appui. Du genre :

— Tenez, l'autre semaine, je n'ai pas voulu vous faire de la peine, mais votre tête de veau était complètement ratée...

— Croyez bien que c'est uniquement parce que je connais votre mauvais caractère que je ne vous ai pas donné mon opinion sur cette poularde au riz sauce suprême que vous avez servie le mois dernier. Une débutante l'aurait mieux réussie!

— Votre Jeanne, sans doute?

— Entre autres!

Il n'était plus possible de revenir en arrière et les maris, sommés de se porter chacun au secours de son épouse par des affirmations touchant la médiocrité des repas pris chez l'ennemi du moment, hésitèrent, mais devant la perspective de ce que deviendrait l'atmosphère de leur foyer s'ils renonçaient à se mêler au combat, ils capitulèrent. Blaise Bertrand attaqua le premier :

— Vous conviendrez, Méjean, que votre femme a une étrange manière de se conduire lorsqu'on l'invite?

— Être invité n'implique pas que l'on doive subir les rebuffades d'une maîtresse de maison aux nerfs détraqués!

A partir de cet instant, les deux épouses se retirèrent de la bataille, se contentant d'encourager l'ardeur guerrière de leurs conjoints par de brèves remarques qui se voulaient autant de coups d'aiguillon. Tout se gâta très vite et de façon quasiment irrémédiable. Pour clore le débat, les Méjean quittèrent et la table et l'appartement des Bertrand, jurant de n'y jamais remettre les pieds. Bien qu'ils souffrissent les uns et les autres des injures reçues comme de celles qu'ils avaient lancées, les deux couples passèrent une morne soirée, mesurant le gâchis causé sans raison valable. Dès le lendemain Blaise Bertrand appelait Darius « Monsieur l'Officier de Police », tandis que Méjean lui donnait du « Monsieur le Commissaire » à tout bout de champ. Ils avaient, l'un et l'autre, assez mauvaise conscience pour ne pas pardonner et encore moins s'excuser. Cette amitié perdue était une sorte de plaie avec laquelle il fallait vivre désormais. Ils en souffraient.

*
* *

Ce stupide incident avait eu lieu trois ans plus tôt. Si Méjean continuait à appeler Bertrand, Monsieur le Commissaire, ce dernier était revenu à un « Méjean » distant sans doute, mais moins compliqué et surtout moins ridicule dans sa bouche que le « Monsieur l'Officier de Police » auquel le commissaire s'était imprudemment attaché dans les jours qui avaient suivi le déclenchement de la brouille.

En pénétrant dans le bureau de B.B., Darius se composa ce maintien digne auquel il s'était une fois pour toutes arrêté quand il se trouvait en présence de son chef.

— Bonjour, Monsieur le Commissaire.

— Bonjour, Méjean.

— Avez-vous des ordres particuliers pour aujourd'hui, Monsieur le Commissaire?

— Une histoire bizarre et qui m'intrigue. Asseyez-vous.

Un peu surpris, Darius obéit.

— Figurez-vous que depuis un mois environ, je reçois, à mon domicile, des lettres anonymes.

Méjean ne put se tenir de répéter :

— Des lettres anonymes!

Mi-figue, mi-raisin, le commissaire précisa:

— Rassurez-vous, elles ne me concernent pas personnellement... Elles parlent d'un certain Désiré Lanvallay, commis des contributions habitant place du Commandant-Arnaud. On lui reproche d'être un homme de mœurs douteuses qui, la nuit, se livrerait à des activités illégales. Enfin, les racontars habituels, quoi!

— Je vous demande pardon, Monsieur le Commissaire, mais pour quelles raisons ces lettres vous sont-elles adressées à vous et qui plus est, à votre domicile personnel?

— Je n'en sais rien. Peut-être tout simplement parce que l'expéditeur veut être certain que je les lirai moi-même? Il y a bien des chances pour que tout cela soit l'œuvre d'un malade, mais enfin, pour nous débarrasser de cette affaire ridicule, procédez donc à une enquête discrète sur ce Désiré Lanvallay et revenez me dire ce que vous aurez appris.

*
* *

Darius commença par se rendre rue Jacquard, aux Contributions et, une fois de plus, devant ce vieil immeuble crasseux qu'il connaissait bien, il se demanda comment une administration recevant tant d'argent des contribuables pouvait laisser ses employés travailler dans un aussi sordide décor. Mais étant fonctionnaire lui-même, Méjean savait qu'il y avait des questions qu'on avait le droit de se poser sans espérer recevoir de réponse. Sur présentation de sa carte, le policier fut reçu par le Contrôleur lui-même quand ce dernier apprit que Darius ne venait pas à titre personnel.

— Que puis-je faire pour vous, monsieur l'Inspecteur?

— Me fournir des renseignements sur l'un de vos employés, Désiré Lanvallay.

— Lanvallay! Ne me dites pas que la police s'intéresse à lui!

— Cela vous paraîtrait invraisemblable?

— Tout à fait! Lanvallay est un employé modèle, doux et paisible qui, en dépit de sa situation modeste, n'a jamais eu la moindre plainte à formuler, la plus légère réclamation à déposer. Serviable, ponctuel, faisant bien ce qu'il fait, il est de ces employés que tous ignorent et qui soutiennent la grandeur interne de l'Administration. A cinquante ans, Désiré Lanvallay n'aspire pas à autre chose, j'en suis persuadé, qu'atteindre l'âge de la retraite sans bruit, pour quitter notre maison en laissant le souvenir d'un honnête homme et d'un parfait fonctionnaire.

— Sa vie privée?

— Vieux garçon, ses débauches doivent se résumer à quelques parties de cartes, à une séance de cinéma par semaine ou par mois et une sortie champêtre, le dimanche, lorsque le temps le permet. Maintenant, pouvez-vous me révéler ce qui motive votre enquête, monsieur l'inspecteur?

— Une lettre anonyme.

— Pas possible!

— Nous n'attachons, bien sûr, aucune importance aux accusations qu'elle renferme mais nous sommes contraints à une enquête de routine, enquête de moralité... qui nous permettra, si elle est favorable à M. Lanvallay...

— Vous pouvez en être certain.

— ... d'intenter une action judiciaire contre l'expéditeur. Pourrais-je parler à M. Lanvallay?

— Vous n'avez pas de chance, monsieur l'Inspecteur. Pour la première fois, je crois bien, depuis qu'il est dans cette maison, Lanvallay a sollicité une matinée de congé pour se rendre à Villefranche, dont il est natif, afin d'y prendre à la Mairie des papiers d'état-civil qui lui sont nécessaires. Vraiment, je n'imagine pas de quelle façon cet inoffensif Lanvallay a pu s'y prendre pour susciter la haine de quelqu'un. De quoi l'accuse-t-on, au fait?

— Sous le sceau du secret, de mœurs dépravées et d'activités nocturnes en marge de la loi.

Le Contrôleur ne put s'empêcher de rire.

— Excusez-moi, mais ces inepties deviennent drôles quand on connaît celui qu'on calomnie. Tenez, voulez-vous que j'appelle Janice qui travaille à côté de lui depuis plus de quinze ans?

— Volontiers.

Mis au courant de ce qu'on attendait de lui, Janice — qui promit de ne toucher mot de l'affaire à Lanvallay qu'il inquiéterait inutilement — corrobora les dires du Contrôleur. Son collègue représentait, à ses yeux, le vieux garçon-type. Désiré mettait tous ses soins à entretenir le deux-pièces-cuisine qu'il habitait et à se préparer de bons petits plats dont il se régalait seul. Presque chaque soir, il se rendait au *Refuge des Passementiers*, à quelques pas de chez lui, et là, avec de vieux habitués, il jouait à la manille jusqu'à dix heures. Le dimanche, quand il faisait beau, il prenait un car et s'en allait respirer l'air de la campagne car il possédait une âme bucolique et enrichissait, saison après saison, l'important herbier commencé dans sa jeunesse et qu'il comptait laisser à la municipalité pour l'instruction des jeunes. Un brave gars au plein sens du mot.

— Et les femmes?

— J'ai le sentiment qu'il ne sait pas trop ce que c'est. Il a vécu auprès de sa mère, une personne fort autoritaire, jusqu'à ce qu'elle se décidât à mourir. A ce moment-là Désiré avait quarante-cinq ans. Il estimait, à tort ou à raison, qu'il était trop tard pour fonder un foyer.

— Si l'on vous priait de définir M. Lanvallay, que diriez-vous de lui?

— Ma foi, je l'ignore. Voilà quinze ans que nous passons sept à huit heures par jour côte à côte et, franchement, je crois que je ne le connais pas beaucoup plus que le jour où nous nous sommes rencontrés. On ne peut pas le saisir...

— Pourquoi?

— Je ne sais pas... Tenez, par moments, je me suis interrogé sur la réalité de son existence. Je me rends compte que ce que je raconte-là peut paraître idiot mais... Lanvallay ne vit pas au sens où nous l'entendons tous... Je ne l'ai jamais vu ému, ni énervé... Indifférent, poli, mais toujours disposé à rendre service. On a l'impression que, sorti du bureau, il plonge dans un sommeil léthargique dont il ne s'arrache que pour revenir au bureau.

— Personne ici, à votre avis, n'est au courant de sa vie privée?

— Sûrement pas.

— Pour résumer : un brave homme?

— Oh! pour ça, sans l'ombre d'un doute! Je suis persuadé qu'il tomberait malade s'il apprenait que, par sa faute, quelqu'un a subi le plus léger préjudice.

— Et du point de vue mœurs?

— Un vieil enfant naïf.

— Eh! bien, Monsieur, je vous remercie de votre obligeance.

En sortant de la perception, Méjean était convaincu que les lettres anonymes provenaient d'un mauvais plaisant désireux de jouer un méchant tour à ce pauvre Lanvallay ou bien se moquer de B.B., idée qui n'était pas pour déplaire à Darius.

Désiré Lanvallay n'était pas chez lui lorsque Méjean sonna à sa porte. La propriétaire de l'immeuble où logeait celui que le policier venait visiter, habitait sur le même palier que le vieux garçon — au deuxième étage — l'appartement en face du sien. C'était une grande et forte femme aux cheveux gris, avec un fichu noir noué sur les épaules. Elle se porta, avec condescendance, au secours de Méjean. Mais quand elle sut la profession de cet inconnu, sa morgue se mua en une curiosité passionnée et inquiète. Le policier l'apaisa en lui parlant d'une enquête au sujet d'une décoration pour laquelle le nom de M. Lanvallay avait été prononcé. Aussitôt, débordante d'enthousiasme, la veuve se lança dans un panégyrique de son locataire.

— Voilà quinze années, monsieur l'Inspecteur, que j'ai la chance de l'avoir pour voisin! Des hommes comme celui-là, le moule en est brisé. Jamais je ne l'ai vu seulement un peu pris de boisson. Quant aux femmes, je peux jurer que pas une n'a franchi son seuil depuis que sa défunte maman l'a passé pour toujours. Un garçon que toutes les mères respectables aimeraient avoir pour gendre!

— Et pourtant, il n'est pas marié!

— Allez donc trouver quelqu'un qui ait des idées comme celles de M. Désiré, au jour d'aujourd'hui! Ce n'est pas lui qui voudrait d'une fille en mini-jupe!

— Il est à supposer qu'elle n'en voudrait pas non plus.

— Les filles d'à présent sont si sottes!

— Ce qui m'inquiète un peu, Madame, je ne vous le cache pas, c'est que vous me brossez de ce Monsieur un tableau trop parfait. N'a-t-il pas quelque faiblesse?

Elle se redressa pour lancer fièrement :

— Aucune! Tenez, avec Mme Lanvallay mère, j'entretenais des relations de bon voisinage... Il faut vous dire que mon défunt Claudius était fonctionnaire et celui de Mme Lanvallay aussi. Alors, forcément, on avait des affinités, sans parler de l'éducation. Eh bien! souvent, quand nous causions en prenant notre camomille, le soir, Mme Lanvallay me disait : « Ma bonne Léontine, mon Désiré, il m'inquiète... Par moments, j'ai peur qu'il soit malade... parce que ce n'est pas croyable comme il est gentil avec moi, comme il me dorlote... une vraie fille... » Alors, moi je lui répondais : « Vous plaignez donc pas, madame Lanvallay... Vous êtes mieux comme ça, à vivre tous les deux, que s'il vous avait amené chez vous, une de ces grandes sampilles qui se fardent à longueur de temps et veulent faire la loi! »

Darius, quelque peu submergé, eut toutes les peines du monde pour échapper à ce flot d'éloquence et se retira en remerciant cette excellente femme, de ses renseignements.

Gagnant le *Refuge des Passementiers*, un de ces bons vieux cafés comme on en trouve encore à la Croix-Rousse, Darius se disait que, coincé entre sa mère et sa propriétaire, Désiré Lanvallay avait bien des excuses de ne s'être jamais intéressé à la gent féminine.

Lorsque Méjean entra au *Refuge des Passementiers*, le patron — petit bonhomme extraordinairement poilu — bavardait avec trois habitués, gens d'âge, retraités sans doute et qui tuaient, comme ils le pouvaient, un temps dont ils ne savaient plus que faire.

— Vous connaissez M. Lanvallay?

— M. Désiré? des Contributions? Vous parlez si on le connaît! Tous les soirs on fait la partie avec lui depuis pas mal d'années.

— Qu'est-ce que vous pensez de lui?

Une lueur de méfiance gicla sous le sourcil broussailleux du cafetier.

— Pourquoi vous me demandez ça?

Darius repartit dans son histoire d'enquête pour l'attribution d'une décoration, ce qui lui permettait, sans éveiller de soupçons, de réclamer la plus grande discrétion envers l'intéressé, à seule fin de lui ménager une heureuse surprise ou de lui épargner une cruelle déception. Rassurés, le patron et ses clients firent, sans retenue, l'éloge de leur ami Lanvallay insistant sur sa gentillesse. L'un d'eux remarqua :

— Maintenant que j'y pense, je crois bien que je ne l'ai jamais vu en colère !

— Ni même de mauvaise humeur ?

— C'est bien simple, on peut lui proposer n'importe quoi, il est toujours d'accord.

Le policier glissa :

— Et les femmes ?

Ils se regardèrent les uns les autres et, au nom de tous, le patron donna son avis :

— Je crois pas qu'il s'y soit jamais bien intéressé.

En refermant derrière lui la porte du *Refuge des Passementiers*, Darius estimait en avoir suffisamment appris sur le compte de Désiré Lanvallay pour pouvoir affirmer à B.B. que les lettres anonymes n'étaient qu'un ramassis de calomnies.

Méjean traversait la place Bertone pour rejoindre la rue du Chariot-d'Or lorsqu'il s'entendit héler.

— Oh ! Darius !...

Le policier se retourna et reconnut Ulysse Nizerolles, balayeur municipal et son copain de régiment. Ulysse était un de ces petits dieux familiers qui hantent les rues de la Croix-Rousse et à qui l'on peut demander tous les services, tous les renseignements, et qui sont toujours prêts à abandonner leur tâche pour vous aider à accomplir la vôtre, à la seule condition qu'elle ne soit pas trop fatigante et qu'elle se termine devant un pot de beaujolais vidé au bistro le plus proche. Sous prétexte qu'il avait été pontonnier au 4e Génie à Grenoble en même temps que Darius, Ulysse le tenait pour un frère.

— Et alors, gone ? On reconnaît plus les amis ?

— Je ne t'avais pas vu.

— Et qu'est-ce que tu grabottes[1] dans ce coin?

— Tu sais ce que c'est dans mon métier, une enquête par-ci, une enquête par-là...

— Toujours à petafiner[2] le pauvre monde, hein?

— Toujours!

Ils rirent et Ulysse proposa :

— Je connais une cafetière[3] qui a reçu un beaujolais à s'en lécher les babouines[4]...

— C'est-à-dire que je suis plutôt pressé, mon patron m'attend.

— Tu vas quand même pas refuser de trinquer avec un ancien du 4e, des fois?

Méjean ne pouvait pas refuser et lorsqu'ils furent installés au café où le beaujolais était si bon, le balayeur demanda :

— Ton enquête, c'est du sérieux ou du tout-venant?

— Plutôt du tout-venant, mais j'y pense, tu connais peut-être le gars sur lequel je me renseigne... Une enquête de moralité, pour une décoration... Il habite place du Commandant-Arnaud.

— C'est mon secteur.

Ulysse avait affirmé cette vérité à la façon d'un seigneur déclarant : C'est mon fief!

— Un nommé Désiré Lanvallay.

— Je le connais! Un fonctionnaire, un collègue, quoi!... Un type bien. Il lui arrive de me saluer quand il me rencontre en train de balayer les équevilles[5] devant sa maison. Un pas fier, mais un peu en-dessous de la moyenne, à mon idée.

— Ah?

(1) Qu'est-ce que tu fabriques?
(2) Au sens litt. abîmer, ici embêter.
(3) Tenancière d'un café.
(4) Babines.
(5) Ordures ménagères.

— Il est pas dans le vent comme on dit aujourd'hui. Ce serait plutôt un homme des anciens temps, mais pour la moralité, tu peux y aller, j'y mettrais ma tête à couper?

L'opinion de Nizerolles s'ajoutait aux renseignements déjà fournis et en renforçait l'unanimité. Sur ce, ayant jugé qu'ils avaient assez parlé de ce Lanvallay, Ulysse déclara :

— Tu sais, Darius, qu'avec Marguerite, on vous attend toujours pour casser une croûte, ta Louise et toi. Ma femme qui se rappelle tes goûts, a juré que tu aurais droit à la salade de clapotons[1] le jour où tu nous ferais l'honneur de venir poser tes fesses sur nos chaises, mais tarde pas trop parce que tu sais comment elle est la Marguerite? La pire des susceptibles et voir que tu remets tout le temps, ça la froisse cette femme... dans un sens, ça se comprend!

*
* *

N'ayant réussi à se débarrasser de son copain de régiment qu'en prenant date pour le repas promis depuis si longtemps, Méjean se hâtait vers le commissariat afin d'y faire son rapport à B.B.

Au commissaire, Darius rendit compte de ses démarches aux Contributions, à l'adresse de Lanvallay, au café où il avait ses habitudes et enfin rapporta une partie de sa conversation avec Nizerolles. Il conclut :

— De tous les témoignages recueillis, il ressort que le quinquagénaire nommé Désiré Lanvallay est un homme modeste, austère, rangé, aimé ou du moins estimé de tous ceux qui le connaissent.

— Alors, la raison de ces lettres anonymes?

(1) Salade de pieds de mouton.

Méjean haussa les épaules.

— Allez savoir!... Un fou? Un salaud?

— Mais pourquoi, si ce garçon est aussi terne que vous me l'avez dépeint à travers les renseignements recueillis?

— Peut-être justement parce qu'on le sait paisible, incapable de réagir, de se défendre? Dans ce cas, les lettres auraient pour auteur un autre faible, un autre médiocre se vengeant sur un plus faible, plus médiocre que lui.

— Se vengeant de quoi?

— Des coups qu'il reçoit sans pouvoir les rendre.

— Nous versons dans la psychopathologie, science qui dépasse nettement nos attributions. On classe l'affaire jusqu'à plus ample informé. Je vous remercie.

*
* *

Ce même soir, Louise Méjean accueillit son mari en lui annonçant :

— Je ne savais que préparer pour le dîner, alors j'ai fait des criques[1] et des cardons avec le jus du poulet qui reste d'hier. Ça t'ira?

— Un vrai régal, oui!

La Louise était célèbre dans le quartier pour sa manière de préparer les cardons, une manière à laquelle jadis Mme Bertrand s'était vainement essayée, souvenir qui emplissait de satisfaction le cœur rancunier de Louise Méjean.

Le repas achevé, tandis que sa femme débarrassait la table et se mettait à la vaisselle, Darius gagna la petite pièce lui servant d'atelier et là, abandonnant le monde où son métier le forçait à vivre, il plongea dans son

(1) Sorte de galette de pommes de terre appelée râpée dans la Loire.

rêve et d'un pinceau alerte, plaqua sur la toile blanche les touches de couleur que lui dictait le rappel de vacances ensoleillées. Depuis toujours, la peinture était pour le policier la soupape de sûreté lui permettant de tout subir, de se frotter à toutes les saletés et de garder pourtant le regard émerveillé d'une enfance qui ne finirait jamais.

***

Le samedi suivant, étant allé saluer B.B., Méjean fut reçu par un Bertrand exaspéré qui lui cria :

— Ça continue!

— Quoi donc, monsieur le Commissaire?

— Les lettres anonymes à propos de ce Lanvallay! Tenez, voici celle que j'ai reçue au courrier de ce matin.

Il tendit à Darius une enveloppe de format commercial où l'adresse était libellée en lettres majuscules :

Monsieur BLAISE BERTRAND
Rue HENRI-GORJUS, 104
69-LYON (4e)

— Lisez! lisez!

Méjean sortit de l'enveloppe une feuille de papier quadrillé vraisemblablement arrachée à l'un de ces cahiers à bon marché que l'on trouve dans tous les magasins du genre de Monoprix et sur laquelle on avait écrit, toujours en lettres majuscules, mais avec un « feutre » :

« ON FINIRA PAR CROIRE QUE VOUS PROTÉGEZ CE SATYRE DE LANVALLAY. VOUS ATTENDEZ QU'IL AIT COMMIS UN MEURTRE POUR VOUS OCCUPER SÉRIEUSEMENT DE

LUI? ÇA NE VA PAS TARDER ET CE JOUR-LA ON RENSEIGNERA LES JOURNAUX. A BON ENTENDEUR, SALUT! »

Darius replia la lettre et donna son opinion :

— Le mot satyre, correctement écrit, montre qu'on n'a pas affaire à un illettré. Quelqu'un qui se sent assez sûr de l'impunité pour ne pas s'efforcer à une orthographe fantaisiste. Seulement, tout cela ne nous avance guère.

B.B. ricana :

— Croyez-vous? Eh bien! cet individu a tort d'être aussi certain de l'impunité et dès mardi, Méjean, avec un peu de chance, vous lui flanquerez la main au collet et me l'amènerez ici pour que je lui dise exactement ce que je pense de lui, avant de lui notifier son inculpation!

— Et comment devrai-je m'y prendre, monsieur le Commissaire?

— J'ai heureusement gardé toutes les lettres que ce maniaque m'a expédiées. Or, tenez-vous bien : il les met à la même poste, le même jour et à la même heure!

— Non?

— Si! à la poste de la place de la Croix-Rousse entre vingt et une et vingt-trois heures le mardi et le vendredi. Donc, mardi prochain, nous allons monter un gentil petit piège au Monsieur et il y a quatre-vingt-dix-neuf chances sur cent pour qu'il y donne tête baissée.

***

Le mardi soir à vingt et une heures, le piège était en place. Un policier, à l'intérieur de la poste, surveillait les lettres jetées dans la boîte marquée « LYON » et devait siffler au moment précis où il repérerait la missive attendue. Darius Méjean, le col de son manteau relevé — on était à la fin d'octobre et la fraîcheur de l'air expliquait ce détail vestimentaire qui masquait en partie le visage de l'inspecteur — le chapeau enfoncé sur la tête, un bouquet à la main, attendait une hypothétique amoureuse qui ne viendrait sûrement pas. Appuyé contre le mur de la poste, près de la boîte aux lettres, il guettait tous ceux s'en approchant et jetait un coup d'œil sur le format des lettres qu'on laissait tomber dans la fente ouvrant sur la case réservée à la correspondance pour la ville.

La nuit, cette place de la Croix-Rousse se nimbait d'une poésie que Darius ressentait intensément. L'ombre mauve, les rares lumières qui brillaient encore à quelques fenêtres, piquant de taches d'un jaune d'or le noir bleuté du ciel, composaient une symphonie picturale dont le policier ne se lassait pas. Il se savait attaché à sa Croix-Rousse par toutes les fibres de son être et regardant passer devant lui, se hâtant vers la demeure familiale, les garçons et les filles qui revenaient du spectacle ou de réunions amicales, il ne pouvait s'empêcher de se demander si ceux-là, lorsqu'ils auraient son âge, aimeraient encore leur vieux quartier? Il est vrai que du train dont allaient les choses, il risquait de ne plus rester grand-chose de la vraie Croix-Rousse d'ici une trentaine d'années.

Soudain, Darius tressaillit en voyant approcher un homme d'allure furtive. Il crut tenir son suspect et s'apprêtait à lui empoigner le bras au moment où le collègue planqué dans la poste sifflerait. Mais l'inconnu ne jeta pas de lettre dans la boîte « LYON » et s'éloigna de cette allure inquiète qui, ayant attiré l'attention de l'inspecteur, la retint si bien qu'il faillit être pris de court lorsque retentit le signal espéré. Il est vrai que celui qui venait de poster la lettre anonyme était de ceux à qui on aurait donné le Bon Dieu sans confession. Strictement vêtu, soigneusement ganté, il avait l'air d'un clerc de notaire tel qu'on se les représentait il y a cinquante ans. Tout en lui rassurait, inspirait confiance au point qu'en dépit de son expérience, Méjean n'osa pas l'arrêter et se contenta de le suivre. Il se rendait parfaitement compte qu'en agissant de la sorte, il contrevenait aux ordres reçus mais c'était plus fort que lui. Subitement, il voulait comprendre la mentalité de ce maniaque, les mobiles qui le poussaient à écrire ces lettres déshonorantes et l'effrayant complexe faisant de lui, à certaines heures, un être aussi pitoyable que méprisable. Darius n'était en rien un compliqué. La fréquentation quasi continuelle de gens ayant transgressé plus ou moins gravement la loi, ne l'avait pas aguerri. Le geste criminel l'étonnait toujours. La violence le déconcertait autant que la ruse. Il n'arrivait pas à admettre la dualité de certains individus comme celui sur les traces duquel il marchait. Le policier était convaincu que ce « corbeau » devait être, dans son existence quotidienne, un citoyen respectable et respecté, mais le moment venait où, toutes portes closes, il se transformait, laissant remonter à la surface tout ce qu'il avait d'ignoble en lui, et le résultat en était ces lettres où s'épanchait une hargne à forme plus ou moins délirante. Darius éprouvait une envie passionnée de parler à cet homme pour tenter de le confesser et peut-être de l'excuser.

L'un derrière l'autre, ils remontèrent la rue du Mail, tournèrent dans la rue Pailleron et atteignirent — à la stupéfaction du suiveur — la place du Commandant-Arnaud. Ainsi, il s'agissait d'un voisin de Désiré Lanvallay! d'un familier peut-être? Écœuré, Méjean sentait croître en lui une colère qui allait se fortifiant de minute en minute contre ce personnage qu'il tenait pour le plus ignoble des traîtres, celui qui trahit l'amitié. Mais, l'inspecteur commença à se demander s'il ne rêvait pas lorsque, toujours collé aux talons de l'inconnu, il pénétra à sa suite dans l'immeuble habité par Désiré Lanvallay. Pousserait-il le cynisme jusqu'à rendre visite à sa victime? Était-il son confident? Laissant à l'autre un palier d'avance, Méjean atteignait le premier lorsque son gibier arriva au deuxième. Il entendit une clef tourner dans la serrure et n'y comprit plus rien, car le « corbeau » venait d'entrer dans l'appartement de Lanvallay. Méjean y sonna, dévoré maintenant par la curiosité. Il perçut l'écho d'un pas. L'huis s'entrebâilla et le visage du « corbeau » apparut.

— Vous désirez?

La voix était neutre, faible, à coup sûr celle d'un timide essentiellement préoccupé de ne point blesser son interlocuteur. Un refoulé, pensa l'inspecteur.

— Police...

Les yeux du bonhomme se décillèrent et, visiblement affolé, il répéta :

— Police?

Méjean éprouva presque de la pitié en face du désarroi montré par son vis-à-vis. Celui qui se croyait protégé par l'anonymat comprenait que son masque lui était arraché et que son visage allait être montré à tous et à découvert. Darius exhiba sa carte.

— Mais... mais... pourquoi?

— Pourquoi... quoi?

— Qu'est-ce que la police me veut?... Qu'est-ce que j'ai à faire avec la police?

— Vous ne vous en doutez pas un peu?

— Non!

— Alors, si vous voulez bien me laisser entrer, je vous l'expliquerai.

La porte s'ouvrit en grand, sur cette requête.

— Bon.. Entrez.

Darius franchit le seuil et fut frappé par l'ordre méticuleux régnant dans le court vestibule où des meubles simples, des bibelots très ordinaires, des fleurs artificielles, composaient un décor banal sans doute, mais d'une netteté parfaite. Introduit dans un salon meublé en style début de siècle, l'inspecteur ne laissa pas d'être impressionné par la propreté de l'ensemble. On devinait que la poussière y était partout traquée sans relâche.

— Alors... que me voulez-vous?

— Vous permettez que je m'asseye?

— Je... je vous en prie... Excusez-moi.

Ce ne serait pas difficile de l'obliger à avouer tant son désarroi était apparent, un désarroi qu'on ne cherchait pas à cacher, d'ailleurs. Méjean attaqua brutalement :

— Quels sont vos rapports avec Désiré Lanvallay?

L'hôte du policier laissa littéralement tomber sa mâchoire inférieure en un bâillement de surprise non feinte, tandis que son regard vacillait. Après quelques secondes de ce que Darius jugea être une panique quasi démentielle, il balbutia :

— Pa... pardon?

— Comment se fait-il que vous habitiez chez M. Lanvallay?

— Je... je ne comprends pas votre question?

L'inspecteur haussa les épaules.

— Je vous en prie... Ne faites pas l'enfant. Nous sommes chez M. Lanvallay ici, n'est-ce pas?

— Oui, bien sûr...

— Et vous y logez?

— Forcément!
— Vous habitez chez lui et vous le haïssez?
L'interlocuteur du policier ressemblait à un dormeur, dont il avait le regard vide, et qui se débattrait dans un cauchemar sans fin. Il répétait les mots comme s'il ne les comprenait pas.
— Je... je le hais?
Méjean s'énerva :
— Vous vous croyez malin de nier l'évidence, hein? A quoi pensez-vous que cela vous mènera? Pendant que vous y êtes, pourquoi ne jurez-vous pas vos grands dieux que vous ne connaissez pas Désiré Lanvallay?
— Mais... mais bien sûr que je le connais!
— Tout de même!
— Puisque c'est moi!
— Quoi?
Darius eut le sentiment d'être entraîné à toute vitesse sur une pente raide sans qu'il lui fût possible de ralentir sa chute. A son tour, il perdait pied et se demandait s'il avait bien entendu.
— Vous prétendez être Désiré Lanvallay?
— Non seulement je le prétends, mais je le prouve!
L'hôte obligé de Méjean sortit ses papiers et les étala sous les yeux du policier. Il y joignit ses dernières quittances de loyer, ses notes de gaz et d'électricité. Darius fut contraint de s'incliner.
— Soit... Vous êtes Désiré Lanvallay et ça n'arrange rien... N'avez-vous jamais été interné?
Lanvallay sursauta.
— Mon casier judiciaire est vierge!
— Je ne vous ai pas demandé si vous aviez été incarcéré, mais interné dans quelque asile psychiatrique ou une clinique pour malades mentaux?
— Jamais de la vie! en voilà une idée!
— Une idée qui vous vient facilement, je vous

assure, quand on est au courant de vos activités.

— Mes activités? Mais enfin, de quoi parlez-vous à la fin? Mes activités — comme vous dites — n'ont rien que de très normal, il me semble?

— Parce que vous jugez normal d'écrire des lettres anonymes?

— J'écris des...

Le policier recommençait à s'impatienter.

— Ne niez pas, je vous ai pris en flagrant délit.

Désiré se mit la tête dans les mains et gémit :

— C'est maintenant qu'il va falloir m'enfermer!

— Vous ne pensez peut-être pas si bien dire!

— Ou c'est moi ou c'est vous, monsieur l'Inspecteur, mais il y en a sûrement un de nous deux qui est fou.

— Permettez-moi de vous laisser l'avantage du choix.

— Et à qui suis-je supposé écrire ces lettres?

— A M. Blaise Bertrand.

— Qui est-ce?

— Le commissaire de police de la Croix-Rousse.

— Je savais, comme tout le monde, qu'il y avait un commissaire de police à la Croix-Rousse, mais je vous jure que jusqu'à cet instant, son nom m'était inconnu!

— Ce qui ne vous a pas empêché de lui écrire une dizaine de fois.

— Mais pour quoi?

— Voilà le plus curieux : pour lui raconter des horreurs sur votre compte.

Abasourdi, l'autre répéta :

— Des horreurs sur mon compte?

— Dans la dernière, vous allez même jusqu'à suggérer que vous pourriez bien être capable de commettre un crime... Vous avez déjà eu envie de tuer quelqu'un?

— Moi!

Méjean n'ignorait pas à quel point les malades mentaux sont habiles à jouer la comédie. Lanvallay paraissait effondré, anéanti, incapable de réagir mais était-ce ou non une attitude composée?

Enfin, Désiré parut émerger de l'espèce de stupeur qui le paralysait.

— Sur quoi vous basez-vous pour m'accuser?

— Je vous ai vu jeter la lettre anonyme à la boîte tout à l'heure, à la poste de la place de la Croix-Rousse et je vous ai suivi. Naturellement, j'étais loin de supposer que vous étiez à la fois bourreau et victime... Puisque vous ne calomniez pas un tiers, du point de vue pénal, les choses se présentent mieux... Mais vous pouvez être poursuivi pour outrage à magistrat... à moins que...

— A moins que?

— A moins que les psychiatres, entre les mains desquels vous passerez obligatoirement, vous déclarent irresponsable. Quelle curieuse idée, entre nous, d'abord de vous calomnier, ensuite de mettre vos lettres à la poste deux fois par semaine, au même endroit et, à la même heure. Vous auriez souhaité d'être découvert que vous n'auriez pas agi différemment.

Il y eut un silence, puis Désiré Lanvallay déclara d'une voix nette :

— Monsieur l'Inspecteur, je ne suis pas fou, quoi que vous en puissiez penser, et je ne suis pas l'auteur de ces lettres anonymes.

— Difficile à admettre, vous en conviendrez, quand on vous a vu comme moi, poster celle d'aujourd'hui?

— J'en conviens et pourtant, c'est la vérité...

Sans que rien l'ait laissé prévoir, il se mit à pleurer et Méjean en fut décontenancé. Remords? Peur?

— Allons, reprenez-vous... Vous n'êtes peut-être pas entièrement responsable... Parlez-moi un peu de vous?

Désiré hocha piteusement la tête.

— Je ne suis pas intéressant, vous savez... Mon père mort alors que je n'avais que cinq ans, ma mère m'a élevé... C'était un rude femme... austère... puritaine... Pour elle, tout se révélait péché. Elle m'aimait mais elle m'a étouffé... m'élevant dans son monde à elle, celui de sa jeunesse, un monde qui n'existait plus, mais dont elle n'acceptait pas la disparition. Elle ne m'a pas préparé pour la vie de demain mais pour celle d'hier. C'est la raison pour laquelle, lorsqu'elle a estimé que j'étais en âge de sortir seul, je me suis trouvé dépaysé... Rien ne ressemblait à ce que maman m'avait annoncé. Cependant, il fallait vivre. J'ai fait de mon mieux, gros oiseau de nuit obligé de chasser en plein jour...

— Vous n'avez pas eu de camarades?

Lanvallay eut un pauvre sourire.

— Je n'intéressais personne... et je ne parvenais pas à m'intéresser à quelqu'un... Les seuls amis que j'aurais pu avoir étaient morts quand j'étais enfant, puisqu'ils étaient les contemporains de la jeunesse de ma mère.

— Et vous en êtes venu à vous haïr vous-même, d'où ces lettres anonymes?...

— Non, monsieur l'Inspecteur, je vous répète que je ne suis pas un malade et que je n'ai pas écrit ces lettres.

— Mais, vous en soupçonnez l'auteur?

— Peut-être.

— Pouvez-vous me donner son nom?

— Pas encore.

— Dans ce cas, monsieur Lanvallay, je crains qu'il ne vous faille m'accompagner au commissariat.

Hésitant, il s'enquit :

— Est-ce que je ne dois pas emporter une valise avec du linge?

Apitoyé, Darius précisa :

— Ce n'est pas en prison que je vous emmène,

simplement dans le bureau du commissaire Bertrand pour que vous lui racontiez votre petite histoire.

— D'accord. Me donnez-vous une seconde pour remettre au frigo les aliments que j'avais sortis pour mon dîner?

— Dépêchez-vous!

Occupé à examiner chaque pièce du décor du salon, Méjean se doutait que Mme Lanvallay avait choisi chacun des objets, chacun des meubles datant tous dc la « Belle Époque » et commençait à comprendre de quelle façon une mère abusive peut tuer son fils chéri.

Ce ne fut qu'au bout d'une dizaine de minutes qu'il prit conscience du temps écoulé. Que fichait donc Désiré? Il appela :

— M. Lanvallay?

Comme on ne lui répondait pas, le policier se leva pour se rendre dans la cuisine, mais passant dans le couloir d'entrée il sentit le léger courant d'air venant de la porte palière non fermée et comprit qu'il avait été joué. Le pur, l'innocent, le timide Désiré l'avait possédé. Par acquit de conscience, Darius, qui n'envisageait pas de courir après le fugitif, visita le petit appartement. Avant d'abandonner ce dernier, il détacha une feuille de son calepin et y écrivit :

« Lanvallay, ce que vous avez fait est stupide. Je vous donne jusqu'à demain soir dix-neuf heures pour vous présenter à mon bureau, si vous tenez à éviter que les choses ne s'enveniment. O.P. Méjean. »

Il posa la note sur la table de chevet, dans la chambre aux meubles ornés de fleurs et de coquilles, puis s'en fut.

***

Le commissaire lui ayant ordonné de l'appeler à son domicile quelle que soit l'heure, Darius téléphona à son supérieur du premier café encore ouvert qu'il rencontra. L'humeur de Bertrand était plutôt mauvaise.

— Enfin! mais, nom d'un chien, qu'est-ce que vous avez fabriqué? Blarot m'a dit que le type avait posté sa lettre à vingt-deux heures quarante... Vous l'avez vu?

— Je l'ai vu.

— Vous l'avez arrêté?

— Non, je l'ai suivi jusque chez lui.

— Pourquoi?

— Je ne saurais dire... Il m'intriguait.

— Parfait! Monsieur l'O.P. Méjean donne dans la psychanalyse à présent!

Son ton monta.

— Je vous avais donné un ordre, vous n'aviez qu'à l'exécuter, c'est tout! Vous en prenez un peu trop à votre aise, Méjean! et ma patience commence à s'user et à s'user terriblement vite! Où est le bonhomme?

— Malheureusement, je l'ignore.

— Vous l'ignorez?

— Par contre, je puis vous révéler le nom de celui qui poste les lettres anonymes calomniant Désiré Lanvallay.

— Si c'était un effet de votre bonté?

— Désiré Lanvallay lui-même!

— Hein?

Méjean conta brièvement son entrevue avec Lanvallay et comment il s'était fait avoir par un homme vraisemblablement affolé à la perspective du scandale. Le commissaire avait écouté sans mot dire. Lorsque son adjoint eut achevé son récit, il se contenta de remarquer :

— Vous ne vous attendez pas, j'imagine, à ce que je vous félicite?

— Certainement pas, monsieur le Commissaire.

— A votre âge! vous laisser posséder par un débutant! Voulez-vous que je vous dise, Méjean, c'est grotesque!

— Je l'admets, monsieur le Commissaire.

— Et maintenant, que fait-on?

— J'espère qu'après avoir erré une partie de la nuit, la raison lui reviendra et que sa peur s'apaisera. Alors, si Lanvallay rentre chez lui, il trouvera le mot que j'ai posé sur la table de chevet et je le verrai arriver, confus et repentant, demain soir à dix-neuf heures.

— Je le souhaite et pour lui et pour vous, Méjean!

***

Darius passa une fort mauvaise nuit. Quand il parvenait à s'assoupir, c'était pour plonger dans un cauchemar où il voyait Lanvallay sillonner les rues de la Croix-Rousse, hagard, trébuchant, perdu dans une fuite sans but. Combien de temps tournerait-il ainsi en rond avant de rentrer chez lui? Il voyait Désiré hanté par le souci d'une mort qui serait un refuge inexpugnable et il se voyait lui, Méjean, mis par des forces indiscernables, dans l'impossibilité de se porter à son secours. Alors, le policier se réveillait en sursaut, le front en sueur.

Au matin, le mari de Louise retrouva son calme. Avec le jour, les ombres de la nuit — tant matérielles que mentales — se dissipaient. Darius, réentendant la voix paisible de Désiré, ne pouvait s'empêcher de lui garder sa confiance.

A son épouse qui ne connaissait pas Lanvallay, Méjean — tout en prenant son petit déjeuner — donnait toutes les raisons qui, selon lui, plaidaient en faveur de Désiré, malgré la sottise de sa fuite.

— Tu comprends, Louise, ce garçon — à moins d'être fou, et il ne l'est pas — n'avait aucun motif d'écrire au commissaire ces lettres où il se serait calomnié lui-même... De plus, je le crois absolument sincère lorsqu'il affirme qu'il ne connaît pas le nom de B.B. Or, ces missives ont été adressées au domicile personnel de B.B. C'est dire que l'auteur de ces saletés, non seulement connaît le commissaire au moins de vue mais encore qu'il sait où il habite. De plus, Lanvallay n'ignore pas que la fuite ne le servirait en rien. Enfin, pourquoi commettre cette folie puisque même s'il se reconnaissait l'auteur de ces lettres, l'affaire ne pourrait aller très loin, alors que, s'il se sauve, il perd sa place de fonctionnaire et nous oblige à le chercher. Le scandale, quoi! Le scandale pour lequel ce pauvre Lanvallay me semble le moins préparé et auquel il a cru sottement échapper en me jouant un méchant tour...

— On dirait, Darius, que tu éprouves une certaine tendresse pour lui?

— Ma foi... Je ne devine pas bien pourquoi, d'ailleurs. Mais il me semble que Lanvallay appartient à une race disparue, à celle dont relevaient nos parents... En me mettant de son côté, c'est eux que j'ai le sentiment de défendre.

— Il est encore assez jeune, pourtant?

— Physiquement, oui... Moralement, il est très, très loin derrière nous. Il vit dans ce monde que nous avons connu quand nous étions enfants, Louise... Ces hommes, ces femmes bourrés de scrupules... aux pudeurs pointilleuses... étouffés par les règles de la morale bourgeoise... esclaves d'une timidité maladive... En le regardant prendre peu à peu conscience de l'ignominie de la manœuvre dont il était la victime, il me rappelait l'oncle Jérôme lorsqu'on lui a appris que son associé et ami d'enfance avait levé le pied avec la caisse. La même stupeur, la même incrédulité, la même impuissance à admettre une évidence qui détruit tout ce en quoi l'on avait foi depuis toujours.

Louise regarda curieusement son mari.

— Tu parles de ce Lanvallay comme s'il était ton ami et un ami de vieille date?

Son mari réfléchit un moment puis :

— Je crois qu'il l'est, en effet, mais il ne s'en doute pas.

Au cours de la journée — une journée qui s'éternisa de façon anormale aux yeux du policier énervé — Méjean fut, à plusieurs reprises, sur le point de se rendre rue Jacquard pour y empoigner Lanvallay. Il avait beau se répéter qu'il avait raison d'avoir foi en ce garçon désemparé par un coup inattendu du sort, il lui tardait d'entendre sonner dix-neuf heures. Comme s'il eût deviné les transes de son collaborateur, le commissaire, dans les brèves entrevues qu'il eut au cours de la journée avec Darius, ne fit aucune allusion à ce qu'il savait préoccuper l'esprit de son adjoint. Simplement, il lui précisa :

— Je vous attendrai dans mon bureau, avec votre client, jusqu'à dix-neuf heures trente.

Évidemment, même si Désiré Lanvallay pris de panique, se conduisait sottement, cela n'était pas bien grave et ne risquait pas de troubler l'ordre public. Il ne s'agissait pas d'un assassin. Tout ce qu'on risquait, au cas où il serait le vrai coupable, c'était qu'il attentât à ses jours... Méjean en aurait de la peine. Mais par-dessus tout, ce qui mortifiait le policier — dans l'hypothèse d'une dérobade de Désiré Lanvallay — c'était la perspective du triomphe de B.B. Dans la petite guerre que les deux hommes se livraient depuis des mois, le commissaire risquait de marquer un point sérieux que sa rancune pourrait transformer en grave embêtement pour l'O.P. qui n'avait pas strictement obéi aux ordres reçus.

A mesure que la petite aiguille de la pendule administrative se rapprochait du chiffre 7, Méjean tenait de moins en moins en place. Dix fois, il avait appelé le brigadier-chef pour lui demander qui serait le planton vers sept heures et faire recommander à celui-ci de recevoir avec ménagement un monsieur d'une cinquantaine d'années qui demanderait l'O.P. Méjean.

Un peu avant le moment fixé pour le rendez-vous, Darius se mit à épier les bruits de pas dans le couloir. La pendule sonna sept heures, son timbre grêle sonna dans le cœur du policier à la façon d'un glas. Maintenant, il admettait que Désiré Lanvallay ne viendrait pas. Il espéra, contre toute espérance, jusqu'à dix-neuf heures quinze. Cinq minutes plus tard, par acquit de conscience, il s'en fut interroger le planton :

— Personne ne m'a demandé?

L'agent surpris, répliqua :

— Vous pensez bien, chef, que si l'on vous avait demandé, je vous aurais prévenu!

— Évidemment. Excusez-moi, mon vieux.

A dix-neuf heures vingt-cinq, Darius commença à ranger ses affaires. A la demie, la porte de son bureau s'ouvrit devant B.B.

— Il est dix-neuf heures trente.

Méjean écarta les bras dans un geste d'impuissance. Le commissaire ricana.

— Une autre fois, contentez-vous d'obéir aux ordres qu'on vous donne et ne prenez pas d'initiative... malheureuse. Vous vous êtes toujours cru plus malin que tout le monde, Méjean. Que cette aventure ridicule vous serve de leçon.

— Il avait l'air si honnête, si doux, si désemparé...

— A votre âge? après tant d'années de métier, vous

vous laissez encore prendre aux apparences? Mon pauvre Méjean, c'est miracle que vous soyez parvenu au poste que vous occupez!

— Monsieur le Commissaire!

— Eh bien?

— Rien... Tout est de ma faute. Il est normal que vous profitiez de mon erreur pour m'accabler.

— Je ne vous accable pas, Méjean, je vous plains. Sous prétexte que vous me détestez, vous me prêtez des sentiments bas et vous imaginez que je suis homme à profiter de cette faute professionnelle pour me venger? On ne juge que d'après soi. En ce qui me concerne, l'incident est oublié. Je ne tiens pas à mettre une tache sur votre dossier à quelques mois de votre retraite. Seulement, demain matin, filez me ramasser ce gaillard, là où il travaille — rue Jacquard, je crois? — et amenez-le moi que cela lui plaise ou non. Passez-lui les menottes s'il le faut! Ce lui sera une bonne leçon pour s'être permis de se payer la tête d'un officier de police. Bonne nuit, quand même...

Demeuré seul, Méjean savoura longuement l'amertume de sa défaite. La générosité de B.B. à son égard l'humiliait plus que n'importe quoi. Brusquement, une fureur aveugle l'empoigna. Se coiffant avec rage de son chapeau, il se précipita dehors et d'un pas accéléré, fonça vers la place du Commandant-Arnaud.

Après avoir sonné à la porte de Désiré Lanvallay sans obtenir de réponse, Darius se mit à cogner à coups de poings dans le panneau, tant et si bien que derrière lui, la propriétaire sortit de son appartement, en criant :

— Qu'est-ce qui vous prend? Vous êtes fou? Ah! c'est vous, monsieur l'Inspecteur! Vous cherchez M. Lanvallay?

— Il me semble que cela se voit?

Vexée par le ton du policier, la dame prit un air pincé et répondit sèchement :

— Il n'est pas encore rentré.

— Qu'en savez-vous?

— J'ai l'habitude... Je reconnais son pas dans l'escalier... Sa manière de tourner la clef dans la serrure. Devrai-je lui signaler votre venue?

— Oui et dites-lui que dans son intérêt, il serait heureusement inspiré de passer à mon bureau demain à la première heure! Bonsoir, Madame.

— Bonsoir, monsieur l'Inspecteur.

Avant de prendre la direction de la rue Joséphin-Soulary, Méjean s'en fut jeter un coup d'œil au *Refuge des Passementiers*. Désiré n'y était pas. Où pouvait-il se terrer, cet imbécile?

***

A la manière dont son mari entra, Louise comprit que ça n'avait pas marché. Elle abandonna son fourneau où mijotait la soupe et vint le retrouver pendant qu'il ôtait ses affaires.

— Tu ne l'as pas vu?

— Non.

— Mon pauvre gros...

— Si tu avais entendu Bertrand...

— Il t'a menacé?

— Pire! Il m'a plaint.

Tout de suite, elle regimba :

— De quoi se mêle-t-il celui-là? Tu n'as pas besoin de sa pitié!

— Non, c'est plutôt de coups de pied au cul que j'aurais besoin pour m'être conduit à la façon d'un débutant!

— Qu'est-ce que tu vas faire?

— Qu'est-ce que tu veux que je fasse? Je lui ai donné sa chance à cet idiot de Lanvallay et en remerciement, il m'a joué un méchant tour... Alors, demain matin, j'irai à son bureau et devant tout le monde, je l'embarquerai. Ça lui apprendra. Maintenant, à table, si toutefois tu as mieux rempli tes fonctions de maîtresse de maison que moi celles de policier!

Pendant la première partie du repas, ils évitèrent d'aborder à nouveau le sujet qui les préoccupait puis, ce fut plus fort qu'eux. Alors qu'elle déposait le fromage sur la table, Louise s'enquit :

— Que penses-tu qu'il lui soit arrivé?

— Oh! c'est un malade... Sans doute a-t-il écrit ces lettres, finalement. Pourquoi? Va-t-en savoir! Seul un psychiatre pourrait répondre... Il a invoqué la première excuse qui lui est passée par l'esprit pour échapper au danger immédiat que je représentais et moi, bonne pomme, j'ai marché. A mon avis, ce malheureux a peur... terriblement peur. Pourtant, il doit bien se douter que je n'encaisserai pas sans réagir... Au fond, Louise, moi aussi, j'ai un peu peur.

— De quoi?

— Que ce pauvre type ne se suicide pour échapper à la police et aux médecins.

*
* *

Le lendemain, Méjean, après avoir téléphoné au commissariat et appris que Lanvallay ne s'était pas présenté, se rendit aux Contributions. Au moment où il partait, sa femme lui chuchota :

— Puisque c'est un malade, ne sois pas trop dur, hein?

Bourru, il répliqua :

— Tu veux que je te dise? Nous sommes de vieilles badernes sentimentales, nous deux!

Sa colère de la veille dissipée, Darius regardait les choses avec plus de sang-froid et d'objectivité. Pauvre Désiré... Quelles heures il avait dû vivre! Non, il ne l'arrêterait pas en public. Il le ferait appeler, ne lui reprocherait rien, mais le convaincrait de le suivre et tout s'arrangerait au mieux pour tout le monde.

Le Contrôleur marqua quelque surprise de recevoir à nouveau la visite du policier.

— Encore après cet excellent Lanvallay, Inspecteur?

— Je vous serais obligé de le faire venir.

— C'est facile.

Par l'interphone, le Contrôleur appela un certain Malot et le pria de lui envoyer Lanvallay. Quelques instants plus tard, un employé entrait dans le bureau.

— Je suis navré, monsieur le Contrôleur.

— Qu'est-ce qu'il y a, Malot?

— Pour la première fois depuis qu'il travaille ici Lanvallay n'est pas à son poste et ne nous a pas prévenus de sa défection.

Désemparé, le Contrôleur regarda Méjean :

— Je suis navré, Inspecteur et... intrigué.

— Aucune importance. Je me doutais de cette absence... Excusez-moi de vous avoir dérangé pour rien.

— S'il vous plaît, Inspecteur, pouvez-vous me confier s'il s'agit d'une histoire sérieuse?

— J'espère que non.

De la rue Jacquard, par la rue de Cuir, la rue Hénon et la rue Pailleron, Darius se hâta vers la place du Commandant-Arnaud. Pas plus que la veille, on ne répondit à son coup de sonnette. Le policier s'en alla frapper à la porte de la propriétaire.

— Inspecteur! ah! je suis heureuse que vous soyez là! Figurez-vous que M. Lanvallay n'est pas rentré! Jamais ça ne lui était arrivé! Jamais!

— Avez-vous une clef de son appartement?

— Il m'en a confié une, en effet, après la mort de sa mère, au cas où il se produirait quelque chose chez lui en son absence.

— Alors, dépêchons-nous, entrons!

— Mais...

— Vous oubliez que je suis policier?

— C'est vrai, pardonnez-moi.

La propriétaire s'en alla chercher la clef et tous deux pénétrèrent chez Lanvallay. Méjean ne respira que lorsqu'il fut certain que le cadavre du locataire ne s'y trouvait pas, ni la lettre classique posée en évidence, exprimant les excuses et les dernières volontés de celui qui s'apprête à mettre fin à ses jours.

*
* *

Méjean n'était pas des plus farauds lorsqu'il entra au commissariat. A peine avait-il mis le pied dans son bureau, qu'un agent le prévint que le commissaire le mandait d'urgence.

Avant même que B.B. n'ait ouvert la bouche, Darius confessa :

— Ce que vous craigniez s'est réalisé, monsieur le Commissaire, Désiré Lanvallay a pris la fuite... Je ne l'ai trouvé ni à son bureau ni chez lui.

— Vous ne pouviez pas l'y trouver, Méjean, car il a passé la nuit dans le jardin des Esses.

— Dans le... et où est-il maintenant?

— A la morgue...

— Quoi?

— ... car il est mort.

— Il s'est suicidé?... Je le redoutais...

— Non, Méjean, on l'a assassiné.

CHAPITRE II

Bien que l'annonce de cette mort cruelle le peinât, Méjean ne pouvait s'empêcher d'éprouver une sorte d'apaisement : Désiré Lanvallay ne lui avait pas menti. Il n'était pas l'auteur des lettres anonymes qu'il jetait lui-même à la poste.

— Comment l'a-t-on...?

— Vraisemblablement avec une sorte de corde de piano dont on s'est servi pour l'étrangler.

— Aucune idée sur le meurtrier?

— Aucune... D'après le médecin-légiste, le crime a été commis hier vers 19 heures. On a trouvé le corps sur le terrain du jeu de boules, qui est invisible, ainsi que vous le savez, de la montée de la Butte.

— Celui qui a écrit les lettres anonymes a dû l'y entraîner.

— Pauvre type... Il y a des chances pour que la disparition d'un personnage aussi falot n'intéresse pas grand-monde. Enfin, cela ne nous regarde plus, à ces Messieurs de la S.R.P.J. de se débrouiller.

En rentrant chez lui, ce jour-là, Darius ne se sentait pas dans son assiette. De sa cuisine, Louise lança :

— C'est toi?

— Oui.

— Ça va?

— Ça pourrait aller mieux.

Il n'en fallait pas plus pour faire accourir Mme Méjean, toujours en alerte lorsqu'il s'agissait de la santé de son mari.

— Qu'est-ce qu'il y a?

— On l'a tué.

— Qui?

— Désiré Lanvallay.

— Seigneur!

— Il a été étranglé... On a trouvé son corps dans les Esses.

— Qui?

— Sans doute celui qui écrivait les lettres anonymes et dont Lanvallay a immédiatement su l'identité lors de notre conversation... Une seule chose me console, dans cette saleté, Louise, c'est que ce pauvre homme était un type bien... Les autres l'avaient parfaitement jugé... quelqu'un d'autrefois et je suis content, moi aussi, de lui avoir fait confiance, quoique cette confiance lui ait coûté la vie.

— Tu ne pouvais rien empêcher, Darius.

— Tout de même, si je l'avais emmené au commissariat il aurait peut-être parlé...

— Ce n'est pas sûr... D'après ce que tu m'en as dit, ce n'était pas un garçon à accuser sans preuve formelle. Vous l'auriez tarabusté inutilement. Va, mange et tâche de ne plus y penser.

— Ce sera difficile.

Après le dîner, Darius s'enferma dans son atelier devant une toile blanche pour essayer, malgré sa tristesse, de composer un tableau abstrait où il exprimerait ce qu'il pensait du mort. Désiré Lanvallay avait été quelqu'un de terne, exerçant un métier banal où il se situait dans une position médiocre. Tout en lui était étriqué, petit et pourtant, inconsciemment, Darius ne choisissait que des couleurs claires, de celles qu'on aimait, jadis, à l'époque où Désiré eût dû vivre pour se sentir pleinement heureux. Lanvallay n'était pas un déclassé de la société mais du temps.

*
* *

Le hasard voulut que deux autres meurtres, beaucoup plus spectaculaires — eu égard à la personnalité des victimes — se commissent dans la région lyonnaise, en même temps que celui qui avait coûté la vie de Lanvallay, si bien que la photographie du malheureux Désiré ne parut qu'en bas de page et sous format réduit, dans le *Progrès*. On eût dit qu'un sort malin s'acharnait à priver Lanvallay de la moindre notoriété. Ces Messieurs de la Criminelle s'activèrent beaucoup, enquêtèrent partout où Méjean était passé, n'en retirèrent pas plus de profit que lui et se lassèrent assez vite de patauger dans cette grisaille. La piste des lettres anonymes ne conduisait nulle part et personne ne fut en état de fournir la moindre indication capable d'expliquer le meurtre de Désiré.

N'ayant pas de famille, Désiré Lanvallay fut conduit au cimetière de la Croix-Rousse par ses collègues de bureau, ses amis du *Refuge des Passementiers*, quelques-uns de ses colocataires, sa propriétaire et Darius Méjean. A part la propriétaire et deux demoiselles des Contributions, il n'y avait pas de femmes derrière le corbillard menant Désiré vers sa dernière retraite.

Le moment vint où le commissaire Bertrand annonça à Méjean que les gens de la S.R.P.J., sans clore l'enquête, la mettaient en veilleuse, ayant d'autres chiens à fouetter. En vérité, plus personne ne s'intéressait à Désiré Lanvallay, en admettant que quelqu'un s'y fût jamais intéressé.

Son meurtre irait occuper le coin des dossiers où dorment les procès-verbaux des problèmes non résolus. Qui s'en soucierait?

— Qu'est-ce qu'il y a Méjean, vous faites une drôle de tête?

— Je pense à ce pauvre bougre que tout le monde aura trahi ou abandonné alors que lui, il était incapable de trahir ou d'abandonner.

— Je sais, mais si dans notre métier nous devions sangloter sur toutes les injustices posthumes, nous serions morts d'épuisement depuis longtemps.

— Vous avez sans doute raison, monsieur le Commissaire, pourtant en dépit de mon âge, je ne parviens pas à me faire à l'injustice, à l'accepter... et il est trop tard pour espérer changer.

— Alors, agissez comme si... On ne vous en demande pas plus.

Après cette conversation, B.B. rentrant chez lui, déclara à Georgette, sa femme :

— J'ignore s'il s'agit d'une fausse impression mais j'ai le sentiment que Méjean vieillit beaucoup ces temps-ci.

— Ah?

Georgette Bertrand était une grande et belle femme qui promenait sur la vie le regard heureux de celle qui a la certitude d'avoir épousé l'homme qu'enfant elle rêvait d'épouser. Elle ne s'ennuyait jamais avec B.B. — sorte de Dr. Jekyll et Mr. Hyde de la police lyonnaise — qui, sitôt la porte de son bureau de commissaire refermée derrière lui, perdait son air compassé de fonctionnaire d'autorité pour entrer avec joie dans un monde étrange, farfelu, dont il était l'infatigable maître de ballet. Fuyant l'univers des tristes et épaisses réalités où il lui fallait gagner sa vie, Bertrand se plongeait avec délices dans les fantasmagories des existences cachées ou pour le moins, discrètes. Il courait les boutiques crasseuses où des vieillards informes semblant sortis de la nuit des temps, vendaient n'importe quoi dans un indescriptible fatras. Le commissaire y effectuait des pêches miraculeuses et il ornait les murs de son appartement moderne de ses trophées. Doué d'une verve sans faiblesse, orateur maître de son art, B.B. était l'hôte que tous souhaitaient avoir à sa table, tant pour son humour que pour sa science profonde des secrets d'une ville qui n'en manque pas. Si Georgette s'était disputée avec Louise Méjean c'était tout simplement qu'elle ne supportait pas qu'on la minimisât en rien devant son mari, ou bien qu'on touchât à ce dernier. Elle non plus n'était pas mauvaise et ainsi que les trois autres, elle regrettait au fond de son cœur une querelle stupide qui avait séparé des amis s'estimant depuis longtemps.

— A quoi le vois-tu?

Il lui brossa l'histoire de Désiré Lanvallay. Quoi qu'il en voulut paraître devant ses subordonnés, lui aussi avait été touché par la disparition de ce pauvre garçon qu'il n'avait pourtant pas eu l'occasion de rencontrer.

— Méjean me paraît aussi atteint moralement que s'il s'était agi de l'un de ses proches.

— Ça ne m'étonne pas... C'est un sensible.

— Oui.

Ils se turent, échangèrent des regards gênés, ni l'un ni l'autre n'osant prononcer la phrase que tous deux avaient envie d'entendre et qui eut fait éclore l'espoir d'une réconciliation désirée. B.B. se leva car il devait se rendre à une réunion de « Maschérophiles ». Lorsqu'il fut habillé, prêt à s'en aller, en embrassant son épouse, il chuchota :

— Tu crois vraiment que mettre du fromage dans le gratin dauphinois est une hérésie?

***

Il apparaissait de plus en plus nettement à tous ses intimes, que Darius ne « tournait plus rond ». Les uns disaient qu'il vieillissait prématurément et que s'il s'était montré un peu plus réservé à table et ailleurs, il ne serait pas arrivé si vite là où il paraissait être rendu, les autres le soupçonnaient de connaître des déceptions dans des amours illégitimes, mais nul ne devinait la vérité : à savoir que l'O.P. Darius Méjean ne supportait pas l'idée que le meurtrier de Désiré Lanvallay demeurât impuni. Pour lui, ce crime souillait la Croix-Rousse, sa Croix-Rousse telle qu'il voulait qu'elle fût. Les choses allèrent si loin qu'un beau matin, B.B. fit appeler son adjoint.

— Méjean, qu'est-ce qui ne va pas?

— Mais... rien, monsieur le Commissaire.

— Allons donc, vous n'êtes plus le même depuis quelques semaines. Malade?

— Je ne crois pas.

— Des ennuis personnels?

— Aucun.

— Alors?

— Je pense, monsieur le Commissaire, que vous vous faites des idées.

— Méjean, pensez de moi ce que vous voudrez, je m'en fous, mais je n'accepte pas que vous me preniez pour un imbécile, d'abord parce que ce n'est pas vrai, ensuite parce que c'est un manquement au respect que vous me devez! Je vous répète : qu'avez-vous?

L'inspecteur avoua :

— Je n'arrive pas à me faire à l'idée que l'assassin

de Désiré Lanvallay puisse gambader en toute tranquillité à travers notre Croix-Rousse.

— En voilà une autre! Où prenez-vous cette certitude que le meurtrier soit un Croix-Roussien?

— Seul un de nous peut connaître assez bien les Esses pour avoir l'idée d'y commettre un meurtre! De plus, tout indique que l'homme est de chez nous : il vous connaît, il rencontrait Désiré à heure fixe, il l'a emmené là où il fallait pour s'en débarrasser...

— Bon, admettons, et puis?

— Je veux lui mettre la main au collet!

— Et moi, je veux que vous restiez tranquille et que vous ne vous mêliez pas de ce qui ne vous regarde pas!

— La mort de mon prochain me regarde en tant qu'homme et en tant que policier!

— Méjean, ce n'est pas le moment de m'énerver! Vous n'avez aucun mandat pour mener quelque enquête que ce soit.

— Je m'en passerai!

— Prenez garde, Inspecteur!... Prenez bien garde! je ne tolérerai pas que vous apportiez le moindre trouble dans la marche de cette maison par des initiatives illégales! Vous avez perdu votre bon sens, ma parole!

— Peut-être, monsieur le Commissaire, mais à voir comment se conduisent ceux qui sont réputés pleins de bon sens, je préfère passer pour en être démuni!

— Sortez! mais, je vous avertis : à la moindre initiative déplacée, je vous signale aux collègues de la S.R.P.J. et vous vous arrangerez avec eux! Je ne vous couvrirai pas!

— Je n'ai jamais espéré que vous le feriez, monsieur le Commissaire.

Pendant cet après-midi où les deux hommes, une fois de plus, se heurtaient brutalement, Georgette Bertrand avait fait un retour sur elle-même pour convenir que la brouille avec les Méjean avait assez duré et que son mari serait, sûrement, très heureux de retrouver en un Darius réconcilié, l'ami d'autrefois avec qui il aimait à fouiner dans le passé de la Croix-Rousse. Aussi, lorsque B.B. entra, elle crut tout de bon lui enjoliver sa soirée en lui déclarant :

— Tu sais, mon chéri, j'ai réfléchi... à la rigueur on doit pouvoir mettre du fromage dans le gratin dauphinois.

Il hurla plus qu'il ne répondit :

— Quoi?

Abasourdie par la réaction inattendue de son mari, elle balbutia :

— Fromage... gratin... pas orthodoxe mais...

— Non!

— Chéri...

— Jamais de la vie! Il faut être le dernier des sagouins pour oser mettre du fromage dans le gratin dauphinois! Pourquoi ne pas coller de la crème Chantilly dans les lentilles ou de la confiture de groseille dans les petits pois? Alors, tu admettrais que cette hypocrite de Louise ait eu raison? et que ce déboussolé de Darius...

— Mais, chéri, je pensais te faire plaisir?

— Georgette, prête-moi une oreille attentive car je ne répéterai pas ce que je vais te dire!

— Oui.

— Que plus jamais — tu entends? — plus jamais le nom de ces infâmes Méjean ne soit prononcé dans cette maison, sinon je la fais désinfecter à tes frais!

*
* *

Il faisait un de ces matins légers comme on en goûte à la Croix-Rousse. Le ciel était d'un bleu tendre et les

Croix-Roussiens du bord du plateau se penchaient avec une commisération égoïste sur les brumes nées des efforts conjugués du Rhône et de la Saône, pour noyer la ville au-dessous d'eux. Darius remontait la rue Dumont-d'Urville — où le rythme des métiers à tisser accompagnait son pas — en direction de la place du Commandant-Arnaud. Il avait pris l'habitude, chaque matin, avant de gagner le commissariat, de passer devant la maison où avait habité Désiré (il ne l'appelait plus que par son prénom) dans l'obscur souci de lui montrer qu'il ne l'oubliait pas et qu'en dépit de tous les interdits, il demeurait à l'affût du moindre indice qui lui permettrait de se lancer sur la piste du meurtrier. Parfois, il apercevait la propriétaire. Il la saluait, elle lui rendait son salut avec affabilité. Tous deux savaient — sans qu'ils aient eu besoin de se le confier — qu'ils étaient vraisemblablement les deux derniers à se soucier encore de feu Lanvallay.

Ulysse Nizerolles était occupé à ouvrir une bouche d'eau à l'angle de la rue Gigodot et de la rue de Belfort, lorsqu'il aperçut Méjean venant vers lui. Il suspendit son geste et se redressa :

— Toujours en promenade, Darius?

— Toi et moi, Ulysse, nous sommes nés pour nous balader.

— Dans un sens, on peut pas dire que ça soye désagréable... On va en prendre un petit?

— A cette heure-ci? Tu as envie de finir à l'hôpital?

— Alors, un café?

Nizerolles se levait et se couchait avec la soif, mais il connaissait ses limites et les doses qu'il pouvait absorber sans se brouiller l'entendement. De plus, fonctionnaire — ce dont il tirait une fierté sans ombre — il goûtait l'ordre et savourait les délices cachés d'un emploi du temps précis. Jusqu'à dix heures, il se cantonnait dans les tasses de café qu'il se permettait d'arroser entre six et huit. A dix heures, Ulysse s'autorisait les premiers « canons » de sa journée. Vers onze heures et demie, il se laissait aller à boire quelques apéritifs, mais uniquement pour ne pas désobliger les copains et les cafetiers. Pendant le repas de midi, il revenait au beaujolais un instant délaissé et ne le quittait pratiquement plus de la journée. Le hasard pouvait l'obliger à quelques incursions du côté des alcools dans le début de l'après-midi, mais il n'y tenait pas, étant avant tout un buveur de vin. Lorsqu'il se couchait, le soir, le corps détendu et l'esprit en repos, il avait bu ses cinq ou six bons litres de rouge qui le contraignaient à se lever une fois ou deux durant la nuit. La cinquantaine dépassée, Nizerolles était un défi vivant à toutes les ligues de tempérance.

Darius tournait sa petite cuillère dans sa tasse quand son compagnon remarqua d'une voix triste :

— Avec ça, paraît qu'il s'est fait un peu trop serrer le corgnolon[1] le type que tu cherchais l'autre fois?

— Oui...

— Et personne ne se doute de qui qu'a fait le coup?

— Non.

— Pauvre M. Lanvallay! Lui qu'avait toujours peur d'être en retard à son bureau. Il me faisait pitié quand je le voyais se dégueniller[2] comme s'il avait le feu aux fesses... et voilà... On n'est pas grand-chose en ce bas monde, hein, Darius?

Méjean en convint et Ulysse mit un point final à ses réflexions philosophiques sur la vanité de nos efforts terrestres sous forme d'une sentence de son cru :

— Crois-moi, gone, t'as beau regarder où que tu

(1) Gosier.
(2) Se dépêcher.

mets tes grolles[1] tu finis toujours par te les flanquer dans la m... En tout cas, tu diras ce que tu voudras, mais il se passe des drôles de choses au jour d'aujourd'hui!

— C'est pour ça que je souhaiterais empoigner l'assassin, histoire de lui apprendre à commettre ses saloperies ailleurs qu'à la Croix-Rousse!

Le balayeur eut un rire que l'amertume faisait ressembler au hennissement d'un percheron.

— La Croix-Rousse, mon pauvre Darius... mais qui c'est-y qui reste pour la défendre? T'as vu quand ils ont assassiné la Ficelle[2]? quasiment personne a bougé... Du temps des vieux, on aurait peut-être bien monté des barricades! Les hommes, ils ont plus de ce que je pense là où je pense! Alors, nous, qu'est-ce qu'on est, hein? Darius? On est des victimes, mon vieux! des victimes et rien d'autre! Moi, ils racontent que je bois trop mais n... de D...! si je bois, c'est à cause d'eux! pour plus voir leurs gueules d'enfoirés! L'existence, elle devient impossible, si tu veux mon avis! Regarde mon défunt père, il s'est laissé mourir à septante-sept ans, d'un chaud et froid mais, pardon! c'était un homme qui toute sa vie a bu ses huit litres de moyenne! moi, à cinq je suis tout gonflé[3]... Faut le reconnaître, Darius, on n'a plus la qualité de nos vieux, on est de moins bonne étoffe... Et les jeunes, c'est pire! Pleins d'idées biscornues, ils sont! Enfin, toi, t'aurais l'idée d'aller déposer un cadavre au jeu de boules des Esses? Je vais te dire une bonne chose, Darius, y a des jours où je me sens plus envie de vivre, tellement le monde il me flanque mal au ventre!

Et pour essayer de reprendre goût à l'existence,

(1) Chaussures.
(2) Funiculaire de la Croix-Rousse.
(3) Plein, repu.

transgressant les impératifs de son emploi du temps, Ulysse Nizerolles commanda un pot de beaujolais bien qu'il ne fût pas encore dix heures du matin.

*
* *

Pour échapper aux lamentations de son copain de régiment qui entendait passer en revue toutes les injustices dont leur génération avait été la victime, Méjean avait dû promettre de ne pas différer plus longtemps le rendez-vous promis autour de la table des Nizerolles, et c'est pourquoi en une fin de matinée dominicale où un vent aigre brossait le plateau d'un bout à l'autre — de quoi vous faire claquer les chaillottes[1] comme aurait dit Ulysse — Monsieur l'Officier de Police Darius Méjean et « sa dame », remontaient la rue de Belfort presque jusqu'à son terme pour se rendre chez les Nizerolles qui habitaient dans le passage Perret une vieille maison sans étage et précédée d'un embryon de jardinet où Marguerite, femme d'Ulysse, se donnait l'illusion de la campagne.

On avait mis les petits plats dans les grands et si pour le plaisir de Darius, Marguerite avait préparé la salade de clapotons, pour la joie de tous s'étaient succédé sur la table une tête de veau vinaigrette, un poulet à la crème, une côte de veau à la lyonnaise, des rigottes de chèvre et une tourte à la confiture d'abricots. Le beaujolais avait coulé à flots pendant la première moitié du repas à seule fin d'étancher la soif avant de se mettre vraiment à boire. Mais avec le poulet, on avait vidé un flacon d'Hermitage blanc et deux bouteilles de Châteauneuf pour accompagner la côte de

(1) Dents.

veau. C'est dire qu'au dessert, tous les convives baignaient dans un euphorie dont il eût fallu beaucoup pour les arracher. On plaisanta, on chanta. Pendant que les hommes évoquaient leurs souvenirs de caserne, les femmes glissaient aux confidences touchant leurs misères physiologiques et celles de leurs conjoints, dans l'intention de se venir réciproquement en aide par l'échange de conseils, d'expériences vécues, relevant davantage de l'herboristerie que de la pharmacie. Puis, tous ensemble, au fur et à mesure que la digestion les entraînait vers une douce somnolence, ils se laissèrent aller au charme mélancolique d'un autrefois évoqué avec tendresse. Ulysse qui avait beaucoup bu et éprouvait une secrète envie de pleurer, leva son verre :

— Darius... à la mémoire de Désiré Lanvallay qui est mort aussi tristement qu'il a vécu!

— Et à la perte de son meurtrier!

C'est alors que Marguerite Nizerolles — une bonne grosse toute ronde dont les joues tremblotantes ressemblaient à des fesses de nouveau-né — dit paisiblement :

— C'est vrai que c'était quelqu'un de bien ce M. Lanvallay. En tout cas, il avait bonne façon.

Les deux hommes, incrédules, regardèrent Marguerite et Ulysse demanda :

— Tu le connaissais donc?

— Dame! Je le rencontrais tous les jeudis soirs aux *Pêcheurs Réunis* sur le boulevard, près de la pauvre Ficelle. Il y venait chercher son poisson en même temps que moi. Il aimait bien les harengs frais à ce que j'ai cru comprendre.

— Et tu nous l'as pas dit!

— Pourquoi je te l'aurais dit?

— Mais enfin, Marguerite, tu savais que Darius le cherchait cet homme! Je te l'avais raconté!

— Oui, mais quand tu me l'as raconté, il était déjà

mort, sa photo se trouvait dans le journal. Alors, à quoi ça aurait servi?

La logique de sa femme ayant mis Ulysse hors de combat, Darius prit le relais et demanda à son hôtesse de rassembler ses souvenirs et de tenter de se rappeler si elle n'avait pas vu Désiré quelquefois avec un homme, toujours le même?

— Ma foi, non, je ne l'ai jamais aperçu avec un homme, mais avec une femme, oui.

— Une femme?

— Une dizaine de fois... C'était même rigolo... Ils faisaient semblant de se rencontrer par hasard, et M. Marcel et moi, on se clignait de l'œil. M. Marcel, c'est le poissonnier qui me sert... On aurait dit des gosses, malgré leur âge... Ils se tournaient des yeux! Lui, fallait voir comme il s'empressait auprès d'elle...

— A quoi ressemblait cette personne?

— Plutôt à une catolle[1] qu'à une poutrône[2]... Elle faisait des chichis dès que l'autre se montrait un peu trop pressant... Par moment, je m'attendais à l'entendre quincher[3] et pourtant, faut croire qu'elle y prenait goût sans ça elle serait pas revenue pas vrai?

— Vous connaissez le nom de cette femme?

— Non, mais M. Marcel, ça m'étonnerait qu'il le sache pas.

*
* *

Le lundi, sitôt que le commissaire fut arrivé, Méjean alla lui exposer ce qu'il tenait pour un détail susceptible de relancer l'affaire Lanvallay. B.B. l'écouta froidement et, quand son subordonné eut terminé, il s'enquit d'un air détaché :

(1) Bigote.
(2) Fille de mauvaise vie.
(3) Crier.

— C'est une plaisanterie ou quoi?

— Pardon?

— Voyons, Méjean, vous n'allez pas me dire que vous prétendez avoir découvert un fait nouveau sous prétexte qu'un témoin vous a dit avoir vu ce malheureux Lanvallay avec une demoiselle qui, d'après la description qu'on vous en a faite, me paraît être quelqu'un de très bien assorti à la victime?

— Pourtant, il me semble qu'on devrait tenter de retrouver cette femme et par elle, essayer de remonter jusqu'à l'auteur des lettres anonymes?

B.B. répondit d'un ton sec :

— Qui vous prouve qu'elle le connaît?

— Lanvallay lui a sûrement parlé de ses amis?

— De son propre aveu, il n'en avait pas.

— Monsieur le Commissaire, laissez-moi rechercher cette femme!

— A quel titre?

— Mais...

— Si vous estimez être en possession d'indices ignorés, dépêchez-vous de vous rendre aux bureaux de la S.R.P.J. Nul doute que ces Messieurs de la Criminelle ne vous reçoivent très bien, mais ici, je vous prie de remplir vos fonctions et seulement vos fonctions. Je n'apprécie absolument pas votre zèle intempestif qui ne cache qu'une déplorable manie de vouloir vous mettre en avant!

— Dans ces conditions, monsieur le Commissaire, convenez que c'est une manie peu apparente puisqu'au moment de prendre ma retraite je suis toujours O.P.

— Aigri, hein?

— Même pas et, pourtant, j'aurais le droit de l'être.

Il y eut un court silence avant que le commissaire ne dise d'une tout autre voix :

— C'est vrai, Méjean, vous en auriez le droit... Permettez-moi de vous rappeler nos rapports d'autrefois pour vous conseiller d'oublier que vous êtes un vieux flic toujours préoccupé de défendre les innocents et de traquer les crapules.

— Ce n'est pas à présent que je vais changer de peau.

— Pensez à cette femme que Lanvallay fréquentait... Pour qu'elle ait paru être intéressée par ce pauvre homme, il faut croire qu'elle non plus n'a pas été gâtée par la vie... La mort de Désiré a dû lui porter un coup terrible... A quoi bon aller la troubler encore?... Laissez-la vivre avec le rêve qu'elle doit être en train d'inventer pour se prouver qu'elle a perdu l'homme le plus étonnant et justifier ainsi, à ses propres yeux, une solitude qu'elle n'a plus de chance de voir se terminer un jour.

En écoutant le commissaire, Darius réentendait le B.B. d'autrefois. Il en était ému, si ému qu'il préféra quitter le bureau sur un vague acquiescement, plutôt que de répondre, ayant la gorge trop serrée pour pouvoir le faire sans trahir son émoi.

Réfugié dans son atelier, Méjean essayait de se représenter la personne que Désiré courtisait. Il revoyait ces silhouettes de demoiselles mûres dans la salle à manger de ses parents qui servait aussi de salon. Il repensait à la maîtresse de piano qui portait des lorgnons et dont son père disait qu'elle ne mangeait pas tous les jours à sa faim. Épaves d'une civilisation où les filles n'apprenaient point de métier, pour ne pas déchoir, les vieilles demoiselles demeuraient les témoins d'un passé révolu, un passé où l'on mettait tous ses soins à « paraître », où l'on mourait de misère en prenant garde de n'en rien laisser voir. La bien-aimée de Désiré Lanvallay, Darius, dans son esprit, l'associait à ces plantes vertes plus ou moins poussiéreuses qui font partie du décor obligé de la petite bourgeoisie. Plantes sans personnalité, qui n'attirent pas le regard, qu'on oublie jusqu'au jour où l'on s'aperçoit qu'elles dépérissent, qu'elles meurent parce qu'on a omis de les arroser. Cette femme, auprès de laquelle Désiré s'empressait et qui, d'après Marguerite Nizerolles, acceptait plus ou moins franchement ses hommages, devait ressembler moralement à son amoureux. Un être terne, gris, que l'horizon étriqué de Lanvallay satisfaisait. Ensemble, ils auraient mené une petite existence, goûté un petit bonheur (dont l'essentiel aurait tenu à cette victoire sur la solitude) à leur mesure. Désiré était mort et l'autre vouée à un silence qui, désormais, ne finirait plus.

Quoi qu'il en eût, Darius convenait que B.B. avait peut-être raison. L'esseulée devait être en train de réinventer Lanvallay, d'en faire le personnage principal de son propre roman. Elle se persuaderait, peu à peu — pourvu qu'on la laissât tranquille et qu'on ne l'obligeât point à regarder la réalité en face — qu'elle avait eu la chance enviable d'être aimée du plus séduisant des hommes et qu'elle aurait vécu auprès de lui une existence de rêve, si la mort... Peut-être est-il des chagrins dans lesquels on n'a pas le droit de s'immiscer, fût-ce pour apporter le réconfort d'une juste vengeance... Mais, pour quelles raisons cette femme ne s'était-elle pas fait connaître lors de la découverte du cadavre de Lanvallay? Peur? Pudeur? Affolement à l'idée d'être mêlée à une affaire criminelle? Méjean optait pour cette dernière hypothèse, car rien ne répugnait plus aux gens semblables à Désiré que de devenir le point de mire de l'attention générale. Ces modestes, faits pour la pénombre, souffrent mille angoisses sous les projecteurs de l'actualité.

Le policier se coucha après avoir décidé qu'il

n'importunerait pas l'inconnue et qu'il la laisserait vivre paisible avec ses chimères et ses regrets.

Le lendemain matin, l'inspecteur, au cours de sa promenade, gagna le boulevard de la Croix-Rousse sans idée préconçue. Simplement, ainsi qu'il en avait l'habitude chaque jour, il reprenait contact avec son royaume personnel et de la sorte, une fois au Gros Caillou, il entreprit de remonter le boulevard pour gagner la place des Tapis et la rue de la Terrasse. L'envie de revoir une fois encore la Ficelle qu'on commençait de démolir le fit changer de trottoir et c'est de cette façon qu'il se trouva, sans l'avoir vraiment voulu, dans l'entrée du magasin des *Pêcheurs Réunis*. La tentation était forte. Il y succomba.

— Et pour Monsieur, ce sera?

— Je désirerais parler à M. Marcel.

— A quel sujet?

— Personnel.

— C'est que le moment semble mal choisi... La clientèle...

Le policier sortit sa carte et son interlocuteur parut fort ennuyé.

— Ah?

— Rassurez-vous, nous n'avons rien contre M. Marcel. Je souhaiterais simplement recueillir son témoignage.

L'autre sembla soulagé.

— J'aime mieux ça!

Se tournant vers le fond du magasin, il cria :

— Hé! Marcel, amène-toi!

Un jeune colosse rejoignit les deux hommes :

— Qu'est-ce qu'il y a?

— Monsieur est de la police et il veut te causer.

— De la police?

— Un simple renseignement.

— Sur quoi?

— Pouvons-nous sortir une minute, je vous l'expliquerai.

Après avoir obtenu la permission de son patron, Marcel accompagna Darius sur le trottoir où ils firent les cent pas tout en bavardant comme de vieux amis.

— Voilà... Il s'agit de ce pauvre homme qu'on a assassiné dans les Esses... Vous êtes sûrement au courant?

— Je pense bien! Pauvre M. Lanvallay... qui aurait dit? Il y a vraiment du monde qui vaut pas grand-chose. Aller s'en prendre à un type comme lui... Il aurait même pas fait de mal à une mouche!

— Qu'en savez-vous?

— Ce que j'en sais? Rien qu'à la manière qu'il demandait son poisson... Toujours content, toujours aimable... Les autres, ils lui prenaient sa place sans qu'il se fâche. Tenez, des fois, il fallait que j'intervienne tellement ça me faisait dépit de le voir traiter de la sorte. Alors, je gueulais un bon coup : « C'est à Monsieur, le tour! y a assez longtemps que vous lui passez devant, hein? » Je suis pas méchant mais j'aime pas les injustices ni que les plus forts ou les plus culottés, ils profitent toujours sur les plus faibles et les plus timides. Je suis comme ça.

— Et vous avez raison! Dites-donc, je me suis laissé raconter que Lanvallay serrait de près une demoiselle quand il venait vous voir?

Marcel eut un bon gros rire.

— Faudrait pas exagérer et croire qu'il lui pinçait les fesses ou autres familiarités de ce genre, hein? parce que M. Lanvallay, c'était quelqu'un de tout ce qu'il y a de bien, avec des manières du vieux temps...

Le policier nota qu'une fois encore, un témoin qui

avait connu Désiré, le déclassait temporellement pour le renvoyer se faire une place dans le passé.

— ... il la saluait, lui aidait à porter ses paquets, lui faisait des mines mais on voyait qu'il avait pas l'habitude.

— Et elle?

— De la même couvée, à mon avis. Pas le genre mini-jupe... et puis, ayant nettement dépassé l'âge où on coiffe Sainte Catherine... Du sérieux, du sévère... Elle rigolait pas des gentillesses de M. Lanvallay, mais enfin, quand on était un peu au courant, on voyait bien que ça ne lui déplaisait pas...

— Ce manège a duré combien de temps, à votre avis?

— Six bons mois, au moins.

— Sans changement?

— Oh! si... la glace fondait un peu plus chaque semaine... Sur la fin, ils arrivaient ensemble, en se donnant le bras et ils repartaient toujours bras dessus, bras dessous... Des vrais tourtereaux, un peu mûrs, quoi, mais y a que le cœur qui compte, pas vrai?

— Sûrement... Depuis la disparition du malheureux Lanvallay?...

— Elle vient plus... A mon idée, ça lui a porté un coup terrible... Alors, elle doit pas vouloir retourner là où ils étaient ensemble, ça se comprend, ça lui ferait trop gros cœur...

— Naturellement, vous ignorez le nom de cette personne?

— Pensez! Bien sûr que si je le connais! Une vieille cliente comme elle! C'est une demoiselle Sancourt. Tenez, je peux vous dire où elle habite parce qu'une fois, je suis allé y porter un paquet... rue Chazière... au 326, il me semble.

Après avoir longuement remercié Marcel pour l'inestimable service qu'il venait de lui rendre, et reçu de ce garçon l'assurance qu'on pourrait toujours avoir recours à lui pour ce qui était de donner un coup de main à la police dans le but de punir le meurtrier de M. Lanvallay, Méjean regagna le commissariat le cœur en fête. Il n'avait absolument pas l'intention de parler de ses projets à qui que ce fût et se promit d'agir seul, avec le plus de discrétion possible, à seule fin de ne pas encourir les reproches du commissaire Bertrand. Darius savait parfaitement qu'en décidant cela, il se mettait dans son tort, mais il ne pouvait s'empêcher de penser qu'au-delà de la tombe, Désiré ne comptait plus que sur lui pour que justice lui fût rendue.

Louise fut comblée de revoir son mari dans son humeur d'antan. Elle n'osa le questionner, se contentant de souhaiter que la guérison se révélât totale et, pour la première fois depuis un certain temps, elle mangea de bon appétit. Au commissariat aussi, on nota le changement d'humeur de Darius et chacun en témoigna une satisfaction amicale, car tout le monde aimait bien Méjean et B.B., averti, s'en montra soulagé.

Cachant soigneusement ses intentions, Darius attendit qu'il fût l'heure de quitter le commissariat pour reprendre son enquête personnelle. Il jubilait intérieurement à l'idée d'agir seul et se voyait déjà démasquant le criminel à la grande confusion de B.B. et du S.R.P.J. tout entier.

Dans le soir encore doux mais où passaient des remous d'air laissant présager les vents d'hiver, Méjean marchait d'un bon pas en direction de la rue Chazière. Il ne mit que quelques instants, par la rue Jacquard, à atteindre la rue Bournes, de là la rue Philippe-de-Lasalle, la place Picard et par la rue H.-Ferré, atteignit enfin la rue Chazière, non loin du numéro de la maison occupée par Mlle Sancourt. Au fur et à mesure qu'il approchait de son but, Darius se sentait moins fier. Que dirait-il à cette malheureuse pour justifier sa démarche? La vengeance ne devait pas importer beaucoup à cette pauvre fille... Il allait y avoir beaucoup de larmes et déjà Méjean avait le sentiment qu'en venant chez celle qu'il avait aimée, il trahissait Désiré Lanvallay et ses discrètes amours. Il fut sur le point de tourner les talons mais son vieil instinct policier reprit le dessus et il poursuivit sa route. Il s'excusait d'avance en se disant qu'il serait toujours temps de tout laisser tomber si la suite devenait trop pénible.

Le numéro indiqué par M. Marcel était accroché au-dessus d'une porte de fer étroite encastrée dans un mur d'enceinte, suffisamment pour ne pas permettre aux curieux de jeter un regard indiscret. Darius tourna la poignée et se trouva dans un jardin à l'abandon, mais non dénué de charme. Au fond, une petite maison à laquelle on accédait par un escalier menant à un perron. Sous la marquise en verre protégeant l'entrée, était pendue une lanterne qui s'éclaira en réponse au coup de sonnette du visiteur.

Un homme se montra qui avait une drôle d'allure. Du premier moment, Darius ne parvint pas à établir son opinion : un jeunot ou un quinquagénaire légèrement momifié?

— Vous désirez?

— Parler à Mlle Sancourt, si c'est possible?

— Laquelle?

— Pardon?

Le type sourit.

— Je vis avec mes cinq sœurs, ici. Je m'appelle François.

— Vous êtes le chef de famille, sans doute?

L'autre secoua la tête.

— Non, c'est ma sœur Félicité. Je suis son cadet. Mais, entrez donc, Monsieur, s'il vous plaît.

Maintenant qu'il le voyait mieux, Méjean se rendait compte que son interlocuteur avait dépassé la cinquantaine. Sa maigreur, son poil rare, la peau tendue sur les os du visage, le teint légèrement jaunâtre faisaient penser à quelque chose de vieux mais de conservé par des moyens artificiels. Une momie. Le policier ne pouvait détacher sa pensée de l'image des momies vues jadis au musée.

— Si vous voulez me suivre?

On introduisit Darius dans un salon à l'ameublement modeste et de bonne qualité, s'il était sans la moindre grâce. Il prit place dans un fauteuil genre bergère, tendu de reps vert soutaché d'or.

— Alors, vous ignorez à laquelle de mes sœurs vous souhaitez parler?

— Ma foi...

— Il y a Félicité d'abord, puis Fabienne, Florence, Fulvie et Fanny, Puis-je vous demander à quel sujet vous voudriez lui parler?

— C'est que... ma démarche est quelque peu insolite et...

— Bon... Comme j'ignore à laquelle des petites vous en avez, je vous envoie Félicité, elle saura peut-être meiux que moi résoudre votre problème. D'ailleurs, de toute façon, on ne peut rien faire ici, sans la permission de notre aînée. Excusez-moi, je vous prie.

Le policier crut discerner une amertume contenue dans la remarque de son hôte. Resté seul, il se dit qu'il s'était empêtré dans une drôle d'histoire et que si jamais cette Félicité prenait la mouche, il pourrait avoir des ennuis avec B.B. En bref, Méjean commençait à regretter d'être venu fourrer son nez rue Chazière. La porte s'ouvrit devant une grande femme mince, coiffée en bandeaux et qui lui parut ressembler aux portraits de l'impératrice Eugénie avec une vingtaine d'années en plus. Le visage mince sans être maigre; l'œil grand et profondément enfoncé sous l'orbite acquérait un regard curieux. Visage sévère, mais non dénué de grâce austère. Le corps strictement moulé dans une robe noire ne laissait paraître aucun appât.

— Mon frère m'apprend, Monsieur, que vous aviez l'intention de vous entretenir avec une de mes sœurs?

La voix était sèche mais avec, parfois, de jolies inflexions.

— Vous me voyez fort gêné, Madame...

— Mademoiselle.

— Pardonnez-moi... Je sens à quel point ma démarche peut paraître grotesque puisque j'ignorais qu'il y eût plusieurs demoiselles Sancourt.

— Entendons-nous bien, Monsieur. Vous me semblez être un homme déjà sur l'âge et c'est pourquoi je n'ai pas encore mis fin à cet entretien dont je ne devine toujours pas le but. Puis-je savoir qui vous êtes?

— Officier de police Méjean.

— ... de police!

— Ne vous affolez pas, Mademoiselle.

En dépit de cette recommandation, elle paraissait bel et bien affolée.

— Quelqu'un qui aura encore raconté des histoires sur notre compte!

— Pourquoi?

— Parce qu'aux yeux de l'opinion, nous formons une sorte de clan assez bizarre... Nous sommes six qui, depuis notre enfance, ne nous sommes jamais quittés. Aucune de nous ne s'est mariée et François, notre frère, est demeuré en notre compagnie. Nous n'étions pas riches et les événements politiques de ces dernières décades nous ont réduits à un état des plus médiocres. Mon frère et mes sœurs ont été mis dans l'obligation de travailler mais mes parents avaient négligé de leur donner l'instruction nécessaire à l'acquisition d'un vrai métier... Moi, je reste ici pour veiller sur tout. Parce que je suis la plus âgée, je me suis substituée à notre mère et ils ont tous accepté mon autorité. Sans moi, ils seraient perdus et c'est pourquoi je les protège autant que je le peux, du monde extérieur pour lequel ils ne sont plus faits. En entrant ici, Monsieur, vous avez pénétré dans un univers qui n'est plus celui auquel vous êtes habitué, celui dans lequel vous vivez. Pensez plutôt à une sorte de cloître d'où l'on aurait permission de sortir tous les jours, uniquement pour assumer une tâche quotidienne. Je vous ai exposé tout cela, Monsieur, parce que vous m'avez l'air d'un brave homme, et pour que tout soit bien clair.

— Je vous remercie de votre confiance, Mademoiselle, mais il ne s'agit pas du tout de ce que vous vous figurez.

— Ah!

— J'enquête simplement sur la mort d'un certain Désiré Lanvallay dont vous avez peut-être appris l'assassinat par les journaux?

— Ma foi, non... Vous savez, ce genre de faits divers ne m'intéresse guère.

— Celui-là aurait pu cependant retenir votre attention.

— Pourquoi donc?

— Parce que, sinon vous, Mademoiselle, du moins l'une de vos sœurs connaissait bien la victime.

— Que racontez-vous là?

— Nous avons la quasi-certitude qu'une de vos sœurs rencontrait une ou deux fois par semaine, Désiré

Lanvallay aux *Pêcheurs Réunis* et qu'ils repartaient ensemble.

Félicité Sancourt ne sourcilla pas.

— Je crains, Monsieur, que vous n'ayez été abusé. D'ailleurs, malheureusement pour elles, mes sœurs — sauf les deux dernières, Fulvie et Fanny — ne sont plus en âge de convoler. Et encore, les plus jeunes ont dépassé la quarantaine, alors, vous voyez?

— M. Lanvallay n'était pas, non plus, de la première jeunesse, vous savez!

— Monsieur l'Officier de Police, persuadez-vous que pour moi, mes jeunes sœurs ont toujours été comme des filles sur lesquelles je n'ai cessé de veiller. De plus, elles ont été élevées dans les principes d'autrefois.

Darius remarqua doucement :

— Comme Lanvallay... Plus vous me décrivez Mesdemoiselles vos cadettes, Mademoiselle, et plus je me rends compte combien l'une d'elles aurait fait une excellente compagne pour ce pauvre homme. Elle et lui eussent, ainsi que vous me le précisiez tout à l'heure, appartenu à un autre monde que le nôtre.

— C'est possible, mais je vous répète que personne, dans cette maison, ne se permettrait de fréquenter qui que ce soit sans m'en avertir et m'en demander la permission.

— Pourquoi?

— Parce que c'est comme ça!

— Pourtant... elles sont toutes majeures?

— Et alors? cette majorité devrait-elle leur être une excuse pour se mal conduire?

— Rencontrer un monsieur comme il faut en vue du mariage ne me semble pas être preuve d'amoralité?

Félicité se leva.

— Votre opinion, Monsieur, n'a pour moi, pour

nous, aucun intérêt. Votre visite était inutile. Je vous serais obligée de ne pas la renouveler.

— Cela ne dépendra pas de moi, Mademoiselle.

— Et de qui donc, s'il vous plaît?

— Mais... de vous et de celle de vos sœurs qui manifestait tant de sympathie à Désiré Lanvallay.

— Monsieur!... votre insistance devient blessante! outrageante presque!

Darius la regarda longuement.

— Vous êtes absolument certaine qu'aucune de vos sœurs, pour quelque motif que ce soit, n'agirait à votre insu?

— J'en suis persuadée.

— Et vous, Mademoiselle, vous n'avez pas entendu parler de Désiré Lanvallay?

— Jusqu'à ce que vous m'en parliez, j'ignorais même son nom.

— Dans ces conditions, il me faut admettre que mon informateur s'est trompé... Pardonnez-moi de vous avoir inutilement importunée, Mademoiselle.

Mlle Sancourt l'aînée reconduisit le visiteur jusqu'à la porte et le salua un peu plus que froidement.

De retour dans le jardin, Méjean aperçut une maisonnette, à gauche, près de l'entrée et dissimulée par une rangée de troènes. L'obscurité aidant, ce camouflage expliquait qu'il ne l'eût pas remarquée à son arrivée. Il alla frapper à la porte de la petite maison. On lui ouvrit. Une femme âgée, légèrement voûtée, se montra pour s'enquérir d'un ton rogue :

— Qu'est-ce que c'est?

— Je suis officier de police.

— Qu'est-ce que vous voulez que ça me fasse?

— Que ça vous fasse me recevoir, d'abord, et ensuite que ça vous oblige à répondre à quelques questions.

— Moi? Mais, j'ai rien fait!

— Je ne pense pas vous avoir accusée de quoi que ce soit?

Méfiante, elle le regarda par en dessous:

— Quelles sortes de renseignements vous intéressent?

— Je vous le dirai lorsque je serai entré.

En grognant, la bonne femme se résigna à introduire le policier dans une cuisine où une autre personne se leva à la vue de Darius et le salua. Celle-là, elle était du genre commère bien nourrie.

— Puisque vous avez du monde, madame Joucou, je vous laisse.

La vieille maugréa :

— Un policier qui veut m'interroger je sais pas seulement sur quoi!

Méjean expliqua :

— A propos de la famille Sancourt.

Il eut aussitôt l'impression que son hôtesse se refermait encore plus étroitement dans sa coquille, tandis qu'au contraire, la visiteuse manifestait un intérêt certain.

La vieille bougonna :

— Les Sancourt... c'est du monde tout ce qu'il y a de comme il faut.

Darius crut surprendre un clin d'œil que lui adressait l'autre personne mais il n'en était pas certain. Il en demeura, toutefois, intrigué et se dit qu'il apprendrait peut-être davantage en conversant avec celle-ci plutôt qu'avec celle-là. La locataire de la maisonnette l'avait peut-être remarqué aussi, car elle déclara sans ambage à sa visiteuse :

— Madame Arvine, c'est des choses confidentielles qu'on veut se dire avec ce Monsieur, alors vaudrait mieux...

— ... que je m'en aille? Vous n'aviez pas besoin de

me le souligner, madame Joucou, je sais ce que c'est que la discrétion, j'ai des manières! et puis, j'ai autre chose à faire qu'à perdre mon temps à bajafler[1].

Elle sortit, vexée et la vieille grimaça un sourire :

— Y a pas plus curieuse... Elle est toujours à grolasser[2] dans le coin pour apincher[3] ce qui se passe chez Pierre et chez Paul... Une vraie langue du diable... Alors, vous vous décidez pour ces questions? Parce que moi aussi, j'ai du travail et c'est pas vous qui allez m'aider à peler mes rates[4], pas vrai?

— Parlez-moi de vous.

— De moi? Je suis pas bien intéressante... Mon mari il a été au chemin de fer... Il est mort. J'ai une petite rente mais ça m'aurait pas suffi... Heureusement que Mlle Félicité elle m'a procuré ce logement, sans ça... je sais pas où je serais à cette heure... Alors, moyennant le loyer, je fais un peu la concierge et quand mes douleurs elles me laissent tranquille, je plante de la salade, des pommes de terre, enfin, tout ce que je peux, quoi... Ça vous suffit comme ça?

— Et les Sancourt?

— Y a rien à dire sur eux. Du bon monde. Y a pas plus brave dans toute la Croix-Rousse. Parole d'Élodie Joucou!

— Riches?

— Riches? Oh! non... Ils travaillent tous pour manger et entretenir la maison qui leur vient de leurs parents et puis, unis à la façon des doigts de la main. Ce qu'un veut, tous le veulent. Des gens pareils, on n'en voit plus.

— Curieux qu'aucune de ces filles ne se soit mariée?

(1) Bavarder à tort et à travers.
(2) Traîner.
(3) Guetter, épier.
(4) Petites pommes de terre.

La bonne femme haussa les épaules.

— Faut penser qu'elles avaient pas le tempérament à ça... Elles préféraient rester entre elles. D'un côté, ça se comprend parce que les hommes, sauf votre respect, le meilleur il vaut pas grand-chose. Je vous en cause d'expérience car le mien, mon Alfred, c'était une vraie charipe![1]

— Et le garçon, monsieur François?

— Oh! lui... Je pense que c'est pas tout à fait un garçon... ou ça lui a passé... En tout cas, il ressemble à ses sœurs... aussi complaisant. Il n'a pas de différence avec elles et il sort rarement seul...

— Personne ne vient voir ces dames?

— C'est rare.

— Des messieurs?

— Jamais! Vous comprenez, elles intéressent guère les messieurs... Elles sont pas très jolies, faut le dire... et la vertu qui c'est qui l'apprécie au jour d'aujourd'hui?

— Alors, vous n'avez pas vu, au cours de ces derniers mois, un homme d'une cinquantaine d'années... qui serait venu assez souvent... pour rencontrer plus particulièrement une de ces demoiselles?

— Ma foi, non et je serais étonnée qu'une de ces demoiselles fréquente. Pensez, avec leur éducation! et puis, leur âge... sauf Mlle Fanny qui serait la plus agréable et qui est la plus jeune... Mais, vous pensez bien que je m'en serais aperçue.

— Évidemment... Merci, madame Joucou... Au plaisir de vous revoir.

Quelque peu inquiète, elle demanda :

— Parce qu'on se reverra?

— Qui sait?

(1) Charogne.

Au moment où elle lui ouvrait la porte, Darius s'enquit :

— A propos... ce pauvre type qu'on a étranglé dans les Esses.. Vous êtes au courant, n'est-ce pas?

La voix de la bonne femme tremblotait.

— Oui.

— Vous ne l'aviez jamais rencontré?

— Non.

— C'est drôle...

Elle regimba.

— Pourquoi que c'est drôle?

— Figurez-vous que je pensais qu'il fréquentait chez les Sancourt.

— En voilà une idée!

Méjean eut le sentiment que le ton manquait de conviction.

— Elle est stupide, j'en conviens, puisque vous m'avez assuré que vous ne l'aviez jamais vu ici et que vous êtes assez avisée pour ne pas vous amuser à mentir à la police... Ça vous coûterait cher.

L'hôtesse du policier ne répondit pas.

Dans le jardin, Darius commençait à se dire que quelque chose ne tournait pas très rond dans cette histoire. Mais quoi?

A peine l'inspecteur eût-il mis le pied sur le trottoir de la rue Chazière qu'il fut littéralement happé par la dame Arvine qui guettait son apparition. Lui attrapant le bras, elle s'exclama :

— Je commençais à m'inquiéter...

— Pourquoi donc?

— Avec ces vieilles sorcières!... Naturellement, elle ne vous a rien raconté?

— A quel sujet?

— Les demoiselles Sancourt?

— Ma foi, non.

— Ça ne m'étonne pas! elles s'entendent comme cul et chemise! Si vous voulez mon avis, elles valent pas mieux les unes que les autres... En façade, rien que de la vertu, mais en dessous...

Méjean s'interrogeait sur le crédit qu'on pouvait accorder aux racontars de cette dame qui, visiblement, détestait les Sancourt et en voulait à la mère Joucou de faire cause commune avec ces demoiselles. En tout cas, il apparaissait difficile de tenir une conversation dans la rue.

— Puisque vous êtes du coin, vous ne connaîtriez pas un endroit où l'on pourrait bavarder tranquillement?

— Y a bien chez Eugène, le bistro dans la rue d'à côté?

— Allons chez Eugène!

***

Berthe Arvine en était à son troisième mandarin-curaçao.

— Moi, ce que je vous en dis, hein, c'est manière de causer, et aussi pour vous rendre service... La Félicité, c'est une garce... une vraie garce. Elle mène tout son monde à la baguette... Vous parlez si je la connais, depuis le temps que j'habite le quartier. Une dingue, à mon avis. Tous, ils tremblent devant elle et elle sait pas quoi inventer pour les embêter.

— A votre avis, pour quelles raisons n'ont-ils pas, les uns et les autres, secoué le joug de cette femme autoritaire?

— Parce qu'ils n'ont rien dans le ventre! Fabienne et Florence, qui ont dépassé la cinquantaine toutes les deux, vivent repliées sur elles-mêmes. Elles partagent leur chambre depuis qu'elles sont venues au monde.

Vous parlez d'un bail! et vous jugez que c'est normal? Fabienne, ce serait plutôt une mijaurée avec ses grands airs, pas sympathique. Elle ressemble à Félicité. Quant à Florence, c'est une gentille fille dont on ne remarque jamais la présence. Elle ne parle pas. Et comme on ne lui demande pas son avis, elle ne le donne pas. Après, c'est Fulvie, une bonne grosse toute ronde, sûrement la plus brave de toutes. Elle n'a pas inventé la poudre mais puisque d'autres se sont chargés de l'inventer pour elle, hein? Enfin, la Fanny qui était la beauté de la famille. On croyait bien que celle-là, elle se marierait et puis, ça a été comme pour les autres. Elle en a gardé un sale caractère. Une aigrie, quoi...

— Et François?...

Berthe Arvine eut un ricanement méprisant.

— Le pauvre... J'ignore de quelle façon il est bâti, mais ce dont je suis sûre, c'est que c'est un martyr!

— A ce point?

— La bonne de la maison, le garçon de courses et le souffre-douleur quand ces dames ont leurs nerfs, parce que vous pensez que ça leur arrive quelquefois!

Darius fit chorus.

— On se demande ce qui l'a obligé à rester avec toutes ces filles!

Son interlocutrice baissa le ton.

— A mon idée, il doit pas être complet, si vous voyez ce que je veux dire?

L'inspecteur l'assura qu'il voyait très bien. Satisfaite, elle enchaîna :

— Physiquement, il est certainement plus près de ses sœurs que de n'importe quel autre garçon. Notez que je le soupçonne pas d'avoir des mœurs douteuses, mais ça serait une légère erreur de la nature, ce François, que j'en serais pas surprise. Alors, elles en profitent pour le tourner en bourrique. C'est le seul que je plains dans cette maison. Maintenant, il est trop vieux pour se sauver. Où il irait?

Méjean voulait orienter la discussion sur Lanvallay et cherchait comment s'y prendre.

— Tout de même bizarre qu'aucun homme ne soit jamais venu chez les Sancourt, du moins à ce qu'affirme Mme Joucou.

— Celle-là, elle vendrait son âme pour protéger les Sancourt!

— Elles ne doivent pourtant pas avoir besoin d'être protégées?

— Qui peut savoir?

Darius menaça gentiment Berthe.

— Vous... mon petit doigt me chuchote que vous êtes au courant de quelque chose. Est-ce que je me trompe?

Elle hésita et pour vaincre ses hésitations, l'inspecteur lui offrit un quatrième mandarin-curaçao. Du coup, ravie, elle minauda :

— Oh! monsieur l'Inspecteur, dans quel état vous allez me mettre!

— A mon âge, ce serait plutôt flatteur.

— Voulez-vous bien ne pas dire des horreurs pareilles!

Elle vida son verre d'une seule lampée, se passa la langue sur les lèvres, éructa discrètement et fixant Darius, murmura :

— Qu'est-ce que vous penseriez si on vous racontait que l'assassiné des Esses fréquentait assidûment chez les Sancourt?

Le policier poussa un soupir de soulagement. Enfin!... M. Marcel n'avait pas commis d'erreur. Pour un peu, il eût embrassé Mme Arvine, mais sagement, il se contenta de faussement protester :

— Pas possible?

— Je vous en donne ma parole!

— Et... vous l'avez vu?

— D'abord une fois tous les huit jours, puis deux fois par semaine depuis quelques mois et jusqu'à sa mort. Il avait l'air de quelqu'un de bien.

— C'était quelqu'un de bien.

— Vous le connaissiez?

— Oui.

— Un ami, peut-être?

— Je commence à le croire.

*
* *

Darius avait eu toutes les peines du monde à se débarrasser de Mme Arvine qui voulait absolument l'emmener dîner chez elle et, regagnant la rue Joséphin-Soulary, il s'interrogeait sur les raisons qui avaient poussé Félicité à lui mentir.

CHAPITRE III

Louise se demanda si elle rêvait lorsqu'elle entendit, en ce dimanche où resplendissait la plus jolie lumière de l'automne, son mari lui annoncer :

— Je serai peut-être un peu en retard pour le déjeuner.

— Pourquoi? Tu as rendez-vous?

— Presque.

— Tu te moques de moi?

— Louise! tu me connais, voyons!

— C'est justement parce que je te connais!

Mme Méjean était de nature assez jalouse. Pour elle, son époux était toujours le beau garçon épousé trente ans plus tôt, elle lui trouvait la même séduction qu'alors et elle se figurait de bonne foi, que toutes les autres femmes étaient, comme elle, sensibles à des charmes largement estompés par le temps. De même qu'autrefois, elle s'enquit, soupçonneuse :

— Tu vas rejoindre quelqu'un?

— On ne peut rien te cacher.

— Quelqu'un que je connais?

— Que tu as connu.

— Qui?

— Dieu.
— Qu'est-ce que tu racontes?
— Je vais à la messe, ma chère.
— Toi?
— Moi!
— Mais... pourquoi?
— Tu as de ces questions...
Louise n'était nullement convaincue.
— Darius, ne fais pas l'innocent, tu m'énerves!
— A ta place, je ne dirais pas que l'innocence m'énerve car cela dénote une certaine noirceur d'âme.
— Je sens que je vais casser quelque chose.
— Alors, de préférence, choisis quelque chose qui t'appartienne.
— Darius!
— Ma toute belle?
Il aimait la faire enrager et cette jalousie qui ne tenait aucun compte du temps écoulé le flattait quoi qu'il en prétendît.
— Bon, eh bien! je t'accompagne!
— Ah! ça! non!
— Tu vois!
— Qu'est-ce que je vois?
— Tu as rendez-vous avec une femme!
— Tu n'as pas honte?
— Moi? Elle est raide, celle-là! Tu me mens et tu voudrais...
— Je ne te mens pas.
— Oui ou non, te disposes-tu à rejoindre une femme?
— Plusieurs.
— Quoi?
— Tu tiens à connaître leurs prénoms? Félicité, Fabienne, Florence, Fulvie et Fanny. Contente?
Honteuse, Louise sourit et gênée, murmura :

— Ce que tu peux être bête...
— Et toi?
— Elles t'attendent?
— Pas précisément. Je compte leur faire une surprise.

***

Méjean avait appris, par Berthe Arvine, que ces demoiselles avaient leurs pieuses habitudes et que, depuis toujours, elles allaient écouter la grand-messe à l'église des Chartreux, pas très loin de ce jardin des Esses où Désiré Lanvallay avait trouvé une mort affreuse.

Muni du viatique d'un baiser conjugal accordé par une Louise trop heureuse de savoir que son époux ne se disposait pas à courir la prétentaine, Darius s'offrit une bonne promenade à travers sa chère Croix-Rousse. Franchissant le boulevard, il s'engagea dans la rue des Pierres-Plantées où il eut une pensée émue pour l'Académie du même nom et son maître Catherin Bugnard, puis par la rue du Bon Pasteur, celle des Chartreux et la rue Pierre-Dupont, il arriva devant le jardin au fond duquel se dresse l'église des Chartreux. Comme il était en avance, il s'installa près de la porte et surveilla l'entrée des fidèles. Il ne tarda pas à voir arriver le clan Sancourt. Félicité marchait en tête suivie de Fabienne et Florence allant côte à côte, Fulvie ensuite et Fanny fermait la marche en compagnie de François. L'aînée des demoiselles Sancourt ne parut pas reconnaître le policier et le regard de François passa sur lui sans s'arrêter. Darius se sentit quelque peu mortifié par cette inattention méprisante. Il ne comptait pas aux yeux d'une Félicité Sancourt qui devait se prendre pour le sel de la terre. Énervé, il leur emboîta le pas et, derrière le clan, pénétra dans l'église. Les Sancourt se rendirent directement à leurs places habituelles, celles qui leur étaient réservées depuis toujours et qu'aucun fidèle ne se serait permis de prendre. Si d'aventure, un étranger s'asseyait sur une des chaises des demoiselles Sancourt, cent regards le foudroyaient et sans qu'il en devinât clairement la raison, il se sentait contraint de changer de place.

De l'endroit où il se tenait, Darius observait ses gens. Félicité se trouvait la plus proche de l'allée centrale et selon un ordre qui semblait, une fois pour toutes établi, les autres se rangeaient par rang d'âge, Fabienne, Florence, Fulvie et Fanny. Le garçon, François se tenait à l'extrémité droite, gardien vigilant du troupeau enfermé entre les deux bornes que représentaient les deux aînés. Pendant toute la durée de l'office, aucune de ces demoiselles ne parut sortir de la méditation imposée par le respect des rites. Méjean se demanda si l'une d'elles — et laquelle? — priait pour le repos de l'âme de Désiré Lanvallay. Avant la fin de l'office, Darius sortit pour aller se remettre en faction à la porte. A la vérité, il n'aurait su expliquer pour quelles raisons il agissait de la sorte. Peut-être parce qu'il était vexé du manque d'intérêt que les Sancourt lui témoignaient? Peut-être parce qu'il se persuadait qu'il représentait Désiré?

De nouveau, le clan défila devant lui. Cette fois, François était le premier avec sa sœur Fanny et Félicité passa la dernière. Quand elle fut à la hauteur du policier, elle s'arrêta :

— Monsieur l'Inspecteur... Je serais heureuse si je savais qu'à cause de nous, vous avez repris le chemin menant à Dieu.

Méjean, désorienté, ne trouva pas la réplique nécessaire et se tut. Souriante, l'aînée des Sancourt poursuivit :

— Si prendre l'apéritif avec des vieilles filles ne vous semble pas une épreuve au-dessus de vos forces, nous vous attendons dans une demi-heure à la maison.

Elle s'éloigna sans attendre de réponse, laissant M. l'Officier de Police complètement abasourdi.

***

Comme lors de sa première visite, François ouvrit la porte à Darius et l'invita à passer au salon où ces demoiselles étaient rassemblées. L'inspecteur eut le sentiment d'être mis en présence d'un tribunal et s'en voulut de la gêne qui le paralysait. Félicité l'accueillit avec gentillesse :

— C'est très aimable à vous, Monsieur... Petites, préparez les verres... Vous m'excuserez, monsieur Méjean — c'est bien ainsi, n'est-ce pas? — mais j'ignorais si vous répondriez à notre invitation. Avant tout, permettez-moi de vous présenter mes sœurs, puisque vous connaissez déjà mon frère.

Toujours suivant les règles de l'ancienneté, elle les appela une à une et, une à une, elles vinrent serrer la main de Darius.

Fabienne avait de beaux yeux, c'est tout ce que l'on pouvait dire en sa faveur. Florence n'eût pas été vilaine si elle n'avait eu cet air morne et ce regard délavé. Fulvie inspirait la sympathie par sa rondeur. Son visage ingrat était éclairé par l'espèce de bonté qui semblait rayonner de ses traits épais. Quant à Fanny, elle s'affirmait sans conteste la plus jolie de toutes, mais au contraire de Fulvie, elle paraissait dure et sa mâchoire forte disait sa ténacité. Sûrement un caractère difficile. Mais aucune n'avait un aspect aussi insignifiant que François qui, à l'écart, dans un coin du salon, faisait penser au domestique attendant les ordres.

Les présentations terminées, on s'installa. Fabienne et Florence s'en furent chercher l'apéritif tandis que Fulvie s'asseyait près de Félicité et que Fanny échangeait quelques mots à voix basse avec son frère. On but en silence et les verres reposés, Félicité s'enquit :

— Monsieur l'Inspecteur, pourquoi nous persécutez-vous?

Elle prévint la réponse de Darius en ajoutant :

— L'autre soir, en me quittant, vous êtes allé interroger cette pauvre Élodie que vous avez mise dans un cruel embarras et voilà que vous venez nous surveiller même à l'église car, c'est pour nous que vous étiez là-bas? Je ne me trompe pas?

— Vous ne vous trompez pas, Mademoiselle.

— Alors, permettez-moi de vous demander pourquoi? Que vous avons-nous fait?

Doucement, Méjean, qui se trouvait dans son élément, rectifia doucement :

— Pas eux, vous.

— Moi?

— Vous m'avez menti, Mademoiselle. Quand on est officier de police, on n'aime pas ça du tout et, immédiatement, par un réflexe de métier, on s'interroge sur les raisons profondes de ce mensonge.

Le visage de Félicité s'altéra légèrement. Darius devinait les autres attentives, tendues.

— De quel droit affirmez-vous que je vous ai menti?

— Vous avez nié connaître Désiré Lanvallay.

— Et alors?

— Et alors, vous le connaissiez fort bien sinon vous ne l'auriez pas reçu deux fois par semaine.

Le policier entendit un gémissement étouffé mais ne

put découvrir qui l'avait poussé. Après un court instant d'abattement, Félicité se redressa.

— D'accord, je connaissais ce malheureux.

Darius montra le reste de l'assemblée d'un geste large.

— Et les autres aussi. Puis-je vous prier de me préciser la nature de vos relations avec Désiré Lanvallay?

— Il souhaitait épouser notre sœur Fanny.

Dans son dos, quelqu'un éclata en sanglots. Méjean n'osa pas se retourner. Fanny, sans doute, qui pleurait l'homme qui aurait pu l'arracher à ce milieu où elle s'étiolait et perdait ses dernières chances de vivre comme les autres femmes.

— Envisagiez-vous favorablement cette union?

— Très favorablement... François et moi avions mené une enquête dans le quartier qu'habitait le pauvre garçon. Tous les renseignements recueillis étaient excellents. Il se serait sûrement intégré sans effort à notre petit monde.

Darius eut un frisson en pensant à ce qu'aurait été l'existence de Lanvallay sous la tutelle de Félicité. Mais peut-être qu'après tout, il eût trouvé là le climat qui lui convenait?

— Dans ces conditions, Mademoiselle, je comprends encore moins pourquoi vous avez feint de ne pas savoir qui était Désiré Lanvallay, pour quelles raisons vous ne l'avez pas accompagné au cimetière?

Entre ses dents serrées, elle laissa fuser sa réponse :

— Parce qu'il était mort d'une manière ignominieuse!

— Reconnaissez qu'il n'en était pas responsable?

— Disparaître de cette façon implique qu'à notre insu, il connaissait de drôles de gens!

Méjean avait envie de hurler à ces filles et à ce

garçon ce qu'il pensait de leur monstrueux égoïsme, de leur sottise, de leur mesquinerie. Il se contint car, au fond, cela ne le regardait pas.

— Si je vous comprends bien, Mademoiselle, vos sœurs, votre frère et vous-même avez estimé que la mort de Lanvallay était un scandale et vous n'entendiez pas être mêlés, les uns et les autres, à un scandale?

— Exactement.

Le policier se tourna brusquement vers l'ex-fiancée de Désiré.

— C'est aussi votre opinion, Mademoiselle?

— Oui... puisque c'est l'avis de Félicité.

Sarcastique, Darius revint à l'aînée :

— Mes compliments. Elles sont remarquablement dressées.

— Je vous serais obligée, monsieur l'Inspecteur, de garder ce genre de réflexion pour vous. La manière dont nous avons organisé nos existences ne vous regarde en rien.

— Sauf quand le crime s'y glisse.

— Nous ne sommes pas responsables des errements d'un garçon que nous avions reçu sous notre toit. Il a abusé de notre confiance!

— Vous ne pensez pas qu'on a aussi un peu abusé de la sienne?

— Qui donc?

— Mais... son meurtrier.

— Il nous faut donc admettre que les renseignements que nous avons recueillis n'étaient pas suffisants et que ce monsieur avait une vie privée qui ne correspondait pas à l'homme dont il jouait le rôle ici!

— Je vais vous surprendre, Mademoiselle. Figurez-vous que si Lanvallay est mort de cette façon c'est qu'il avait rendez-vous avec la personne qui écrivait des lettres anonymes le mettant en cause, une personne qu'il n'a pas voulu dénoncer.

— Pourquoi?

— Si je le savais, Mademoiselle, je ne serais pas là et j'aurais déjà bouclé le criminel. Par hasard, vous ne connaîtriez pas M. Blaise Bertrand, commissaire de police de la Croix-Rousse?

— Ma foi, non. Vous êtes le premier policier à qui nous ayons eu affaire.

— Toujours par hasard, vous ne voyez pas dans vos relations, quelqu'un qui serait susceptible d'écrire des lettres anonymes?

Félicité se leva d'un trait et, raide comme la justice, déclara d'une voix glaciale :

— Je ne vous ai pas invité, Monsieur, pour que vous m'insultiez. Je vous prie de sortir.

Méjean se dressa à son tour et sans s'émouvoir, dit gentiment :

— Eh bien, merci pour l'apéritif... Ne vous dérangez pas, je saurai sortir seul... Au revoir.

— Non, Monsieur, adieu!

— Pardonnez-moi, Mademoiselle, mais en l'occurrence c'est moi qui déciderai si nous devons nous revoir ou non.

***

En quittant la rue Chazière, Darius devait convenir qu'il n'était guère plus avancé qu'en y arrivant. Aussi saugrenue qu'eût été l'excuse de Félicité pour n'avoir pas bougé lors du meurtre de Lanvallay, elle ne devait pas être moins vraie. Dans cette mare aux eaux dormantes qu'était la famille Sancourt, on redoutait le moindre bruit, le plus léger murmure de l'opinion à l'égal d'un déshonneur sans rémission. L'égoïsme de ces cinq filles et de ce garçon vivant depuis toujours en vase clos avait quelque chose d'effrayant. Méjean était persuadé que les uns et les autres se rendaient à leur travail quotidien comme on part pour l'exil. Ils recommençaient à vivre quand, toutes portes closes, ils se retrouvaient entre eux. Le policier perdait un peu pied dans cet univers anachronique régi par des lois qui n'étaient pas celles du commun des mortels en 1968. Pour comprendre ces gens, il fallait une mentalité spéciale, celle qu'avait — peut-être — Désiré Lanvallay. Des êtres infantiles ramassés sous la férule d'une sorte de nourrice les faisant marcher au doigt et à l'œil. Tous tenaient à leurs idées classées en un code et ne souffrant aucune dérogation. En mourant de la façon dont il était mort, Désiré s'était exclu — au propre et au figuré — de la famille où il espérait entrer. Passant pour traître, il n'éveillait même plus de regret sinon — en surface. Darius se rappelait les yeux secs de Fanny, la fiancée. Il n'y avait que la bonne grosse Fulvie pour pleurer. Celle-là devait être moins desséchée que son frère et ses sœurs.

Tout en soliloquant, l'époux de Louise était arrivé à la place de la Croix-Rousse. Il résolut d'aller boire un verre à la *Marmite en Bois* dont le patron — un fort aimable homme — était de ses amis. A peine avait-il entrouvert la porte du café-restaurant, que la voix d'Ulysse Nizerolles le hala jusqu'au comptoir.

— Alors, gone, on s'amène juste à point pour trinquer avec les copains.

Méjean ne pouvait refuser. Il n'en avait d'ailleurs pas envie. On trinqua, on retrinqua à l'amitié, à la santé, à la fin des impôts et autres sujets d'actualité, si bien que vers une heure de l'après-midi lorsque les deux camarades se retrouvèrent sur le trottoir de la rue Dumont, eux aussi commençaient à vivre dans un monde qui n'était pas tout à fait conforme au leur. Darius prit Ulysse pour confident de ses soucis, tout en remontant avec lui la Grande-Rue de la Croix-Rousse.

— Ces filles et ce garçon, on les dirait sortis du Musée Grévin. Cette Félicité doit posséder autant de cœur qu'un python centenaire. Ses sœurs tremblent devant elle comme les oiseaux en face d'un serpent qui s'apprête à les bouffer. Quant au gars, une pâte[1] usée jusqu'à la trame. A le regarder, Ulysse, on se demande s'il est vivant ou non.

— Ça se comprend! passer tout son temps avec ces sampilles[2] y a de quoi vous rendre dingue!

— Le curieux, c'est que dans ce bloc si uni, sans la moindre faille en présence de l'étranger, des clans se sont formés sans doute parce qu'il est tout de même plus facile de vivre à deux qu'à six. Ainsi, Fabienne et Florence ne se quittent pratiquement pas, Fulvie recherche la compagnie de Félicité — peut-être parce qu'elle se sait la plus faible, donc la plus menacée? — enfin, Fanny paraît s'entendre très bien avec son frère François qu'elle a dû prendre sous sa protection en dépit des dix ou quinze années qui les séparent.

— Tu vas continuer à les embêter, ces tordues?

— Elles m'énervent et je suis sûr que si elles voulaient faire un effort, elles pourraient me mettre sur la piste du meurtrier.

— Parce que tu te figures qu'elles le connaissent?

— Non, mais il n'est pas possible que durant toutes les semaines où il leur a rendu visite, Désiré ne leur ait pas parlé de ses amis ou de ses ennemis et c'est parmi ceux-là qu'il y a le rédacteur des lettres anonymes. Cette ennemie ou cet ennemi, Lanvallay ne soupçon-

(1) Chiffon.
(2) Femmes (péjoratif).

nait pas les sentiments qu'il ou qu'elle lui portait, c'est la raison pour laquelle il mettait à la poste, sans s'en douter, les lettres destinées à le déshonorer.

— Un collègue?

— On a envie de le croire mais, les soirs où il mettait ce courrier à la poste, étaient aussi ceux où il rencontrait sa fiancée.

— Décancane[1] pas, Darius! Tu vois pas la fille pour qui le pauvre Lanvallay représentait la dernière chance, essayer de le démolir?

— Évidemment...

— Et une sœur jalouse?

— J'y ai pensé, mais Désiré a été tué par l'auteur des lettres anonymes qu'il connaissait. L'assassin est un familier de la victime. Pour en être convaincu, je n'ai qu'à me rappeler le visage de Désiré lorsque je lui ai appris que c'était lui qui glissait les lettres l'accablant, à la poste.

— A mon avis, Darius, il y a une femme là-dessous, une femme qui s'est peut-être fait donner un coup de main pour zigouiller ton gars... D'abord, les femmes c'est notre malheur à tous... La preuve, si on n'en avait pas, nous deux, à cette heure, pourquoi qu'on rentrerait chez nous au lieu de retourner à la *Marmite en Bois* pour s'en jeter un dernier et y casser la croûte... Tiens, un os de china[2] et un pochon[3] ou deux de lentilles, j'en demanderais pas plus... Mais va-t'en expliquer ça à nos « cinquante pour cent » qui sont toutes chichiteuses et compagnie. Sur ce, vieux frère, je t'en serre cinq et à une prochaine fois.

Darius ne s'était pas éloigné d'une dizaine de mètres qu'Ulysse le rappelait :

(1) Divaguer.
(2) Plates-Côtes.
(3) Louche.

— Hé! Darius! Le type qui balaie dans le coin de tes catolles, c'est un copain. Si tu veux, ce soir on va boire l'apéritif avec lui — je connais le bistro où il fréquente — et il pourra sans doute t'apprendre des trucs sur tes mignonnes?

— D'accord.

— Où se trouve-t-on?

— A la *Marmite*, sur les six heures?

— J'y serai.

La Louise montrait une drôle de figure quand son homme réintégra le domicile conjugal. Ce n'était pas quelqu'un à se lancer dans des scènes inutiles. Elle se contenta de remarquer :

— Il ne faudra pas te plaindre si le poulet est en compote et les pommes sautées en purée. Quand on se pique de gastronomie, on respecte l'heure même lorsqu'on ne respecte pas sa femme.

Embêté comme pas un, le Darius s'excusa :

— En quittant les demoiselles Sancourt, j'ai rencontré Ulysse.

— Ah! celui-là...

— N'en dis pas de mal... J'ai rendez-vous avec lui à six heures ce soir, il va me donner l'occasion d'en savoir un peu plus sur mes clientes.

— Qu'est-ce que ce minable d'Ulysse aurait à voir avec tes demoiselles? Avoue plutôt que t'as envie d'aller boire avec lui, ça sera plus franc. Seulement, moi, je t'avertis, si tu es malade, tu iras te faire soigner ailleurs! J'en ai assez de passer mon temps à veiller sur ton régime pour que tu ailles ruiner ta santé avec des ivrognes! Et maintenant passons à table car j'ai faim, figure-toi, n'ayant pas l'estomac plein de liquides variés!

Louise avait des colères qui flambaient à la façon des feux de paille. Vite pris et vite éteints. Malgré ses sombres prophéties, le poulet était fort bon (un poulet à l'estragon) et les pommes sautées demeuraient encore fermes et dorées. Dès les premières bouchées, rassurée quant à la qualité de son repas, elle s'adoucit et demanda :

— Si tu me racontais ce que tu as fait depuis que tu m'as quittée pour te rendre à la messe?

Et Darius raconta.

Quand il eut achevé son récit, sa femme donna son opinion :

— Je ne comprends pas pourquoi tu te mets martel en tête pour une histoire qui ne te regarde pas. Tu as un supérieur et il t'a donné l'ordre de laisser tomber. Alors, pourquoi ce zèle dont personne ne te sera reconnaissant si tu réussis et dont tout le monde t'en voudra si tu échoues? Tu n'es plus loin de la retraite, ce n'est vraiment pas le moment de faire des bêtises, bon sang! Ton Désiré ne sera pas le dernier pauvre type qu'on tuera sans qu'on puisse retrouver ses assassins. C'est triste, d'accord, mais la vie et la mort sont comme ça. Tu ne veux pas réformer la société à ton âge, hein? Rappelle-toi que tu t'es toujours bien trouvé de mes conseils. Ne te soucie plus de ces gens de la rue Chazière... Laisse-les tranquilles. Tu sais bien qu'ils n'ont rien à voir avec des assassins, n'est-ce pas? et puis, tu leur gâches l'existence, si ce sont des peureux, des tremblants... Sans doute, n'ont-ils pas été chics avec ton Lanvallay mais il faut essayer de les comprendre... Tu crois que nos parents, ils n'auraient pas eu honte d'être mêlés de près ou de loin à un crime? Tu ne peux pas obliger les gens à vivre suivant la mode!

— Si j'abandonnais la partie, Louise, j'aurais l'impression de jeter encore une pelletée de terre sur le trou où on a descendu Désiré... Si tu l'avais vu, si tu l'avais entendu, tu me comprendrais. Je sais que n'importe qui à ma place aurait haussé les épaules et l'aurait traité de pauvre type, mais c'était plus fort que moi... Il m'envoyait cul par-dessus tête dans notre jeunesse, Louise. Il me semblait que j'entendais mon père... Je ne pourrai jamais pardonner aux Sancourt de l'avoir renié...

— Bon! eh bien! vas-y, tu verras où ça te mènera. Si l'os te reste en travers de la gorge, tu ne t'en prendras qu'à toi! Fonce!

Darius hocha la tête.

— Plus facile à commander qu'à exécuter.

— Qu'est-ce qui te gêne?

— Exactement, je n'en sais rien.

— Tu deviens compliqué sur tes vieux jours, mon belin[1].

— Comprends-moi, Louise. Jusqu'ici, dans toutes les affaires auxquelles j'ai été mêlé, je n'avais affaire qu'à des malfrats de toutes races, de toutes conditions. Un monde que je connais bien, dont je n'ignore rien des us et coutumes. Les voyous me sont familiers, et encore plus ceux de la Croix-Rousse. Quand il s'agit d'un vol, selon la manière dont il a été pratiqué, je me doute sinon de son auteur, du moins du coin où il faut le chercher et je le trouve presque toujours. Les crimes, quand il y en a, sont simples, stupides le plus souvent, répondant sans cesse à des causes identiques et, là encore, je suis capable de me débrouiller pour piéger le tueur. Souvent, ce sont les voyous eux-mêmes qui m'aident, car ils n'aiment guère le sang. Tandis que cette fois...

— Qu'est-ce qu'elle a, cette fois?

— Je me sens perdu... D'ordinaire, lorsque j'enquête, je rôde dans un milieu où tous les hommes,

(1) Agneau.

toutes les femmes que je rencontre, que je croise, sont en délicatesse avec la loi. Rien ne me gêne. Ils sont au courant. Ils comprennent mes démarches, les facilitent ou les entravent mais on joue le même jeu, un jeu dont eux et moi connaissons toutes les règles. Je suis à mon aise et la langue que je parle est la leur. Ce coup-ci, me voilà dans une atmosphère où tout réprouve le crime, où l'argot n'est pas entendu, pas compris. J'ai l'impression de faire le clown dans une église au moment du sermon. Incongru, voilà le mot. Chacun de mes gestes, chacune de mes démarches, chacune de mes questions, chacun de mes mots relève de l'incongru. Félicité m'a flanqué à la porte et ça ne m'a pas vexé parce que je trouvais cette attitude presque normale.

— Tu ne crois pas que tu exagères?

— Non... Tout est tellement différent... Il faudrait des méthodes particulières pour enquêter dans ce monde-là, des méthodes que je ne connais pas. Même quand ils sont muets, on entend leur mépris dans les mots qu'ils ne prononcent pas. Pour eux, nous sommes des abjects... Tu saisis? Ils se foutent du temps qui passe, des années qui coulent. Ils se sont murés dans un autrefois qu'ils perpétuent et dont ils continuent, contre vents et marées, à observer les rites, à pratiquer la morale, à suivre l'enseignement. Bien qu'ils soient dans une quasi-purée, ils persistent à se prendre pour les maîtres de la Croix-Rousse et nous tiennent pour des gamins mal élevés, tout juste bons à faire des domestiques!

— Pourtant, ton Lanvallay avait trouvé grâce à leurs yeux? Ce n'était cependant pas quelqu'un d'important?

— Oui, mais ils avaient sans doute reconnu en lui un homme pratiquant la même religion qu'eux. Désiré n'était pas grand-chose mais ce pas grand-chose relevait directement de l'époque où les Sancourt ont choisi délibérément de vivre. Il se serait merveilleusement adapté au décor de la maison de la rue Chazière où il n'aurait, d'ailleurs, pas eu droit à plus d'égard que François, toutes ces mantes religieuses étant probablement convaincues de la supériorité intrinsèque de la femelle sur le mâle. Il est vrai que n'ayant eu que leur frère pour juger de la gent masculine, leur opinion se justifie.

— Darius, je ne t'ai jamais vu dans un état pareil! Je te répète de laisser aller les choses. Après tout, tu n'es pas chargé de faire régner la justice à la Croix-Rousse, hein?

— C'est devenu une histoire personnelle. J'entends secouer ces Sancourt, les obliger à prendre conscience du temps où nous vivons!

— En quoi cela te regarde-t-il?

— J'en ai marre de leurs grands airs! de leur trop évidente certitude d'avoir toujours raison! Ils me rappellent les patrons devant lesquels mon père tremblait parce qu'ils pouvaient nous priver de notre pain quotidien. Je continue d'être pour les canuts, contre les messieurs et les dames qui, une fois l'an, nous distribuaient des brioches et du chocolat. Ils venaient dans les ateliers comme on va au zoo, aujourd'hui.

— Calme-toi... Seulement, ton Lanvallay aussi appartenait à ce monde d'avant-hier?

— Oui, mais du côté des vaincus... de ceux qu'on ne payait pas mais desquels on exigeait une tenue décente... La misère en col blanc, disait-on.

Pour clore le débat, Louise s'enquit :

— Darius, ne te fâche pas de ma remarque mais... avec les idées que tu viens de m'exposer... ne crains-tu pas d'être un peu... partial?

— Pas un peu... beaucoup, mais je n'y puis rien.

*
* *

Méjean, sur les six heures, avait rejoint Ulysse à la *Marmite en Bois*. Le balayeur avait déjà pas mal bu et cela pour tenter de noyer l'amertume qui l'étouffait, amertume due à la façon dont sa Marguerite l'avait accueilli. L'arrivée de son copain lui permit d'exhaler sa rancœur et sous couleur de confidences mit tous les consommateurs au courant de ses malheurs.

— C'est pas croyable ce qu'elle peut être mauvaise quand elle s'y met, la Marguerite! un vrai veson[1]. « C'est à cette heure-ci, que tu rentres? malfaisant! bon à rien! Grand gognand[2]! Et moi, pauvre nioque[3] qui m'échine à lui préparer le dîner! »

L'assistance prêtait l'oreille, passionnée.

— Tu me connais, Darius? Y a pas plus accommodant que moi, mais faut pas exagérer, hein? Je l'y ai laissé jeter son cri, à la Marguerite, et puis j'y ai dit, froid comme le Gros Caillou en plein hiver : « Plaît-il? peut-être que t'oublies que je suis fonctionnaire? peut-être que tu te rappelles plus que par tous les temps je suis dehors pour te gagner les sous? peut-être que t'estimes que j'ai pas le droit, le dimanche, de me bambaner[4] avec des gones que je connais depuis la maternelle? Alors que toi, je suis obligé par la loi de te supporter du matin au soir, du soir au matin et d'un bout à l'autre de l'an. » — Elle a crié : « Tu me supportes? t'oses dire que tu me supportes, espèce de saoûlant? » — « Parfaitement que je te supporte, et mal! pour moi, Marguerite, t'es pareille à une

(1) Injure.
(2) Paresseux.
(3) Sotte, niaise.
(4) Flâner.

échiffre[1] que je me serais enfoncée dans la fesse et qui ramasserait[2]! — « Grossier! » — « Je suis peut-être grossier mais j'ai beau avoir faim comme le Rhône a soif, que le crique me croque si je « rembourse » pas chemin pour m'en aller manger là où on me fera pas de mauvaises façons! » — Et aussi sec, je remets le chapeau sur la tête. Alors, tu me croiras ou tu me croiras pas mais la voilà qui fond en larmes et qui me lance tout plein de mots doux, et mon boson[3] par-ci et mon belin par-là... Avec ça, mille agaceries... Bref, on s'est réconcilié et elle m'a tellement fait manger que j'y pardonne, que même maintenant, j'en suis encore tout coufle[4]. Seulement, je vais te dire, Darius, des scènes comme ça, ça me tue le tempérament.

Hautement approuvé par les hommes qui l'écoutaient, Ulysse vida encore deux canons pour revigorer son tempérament avant d'emmener Méjean voir son collègue de la Chazière.

Semblables aux enfants qu'ils avaient été, traînant de compagnie dans les rues de la Croix-Rousse, Ulysse et Darius avançaient épaule contre épaule (car Nizerolles avait légèrement besoin d'être soutenu), émus tout autant par les souvenirs que par le vin. Les reproches de Marguerite remettaient en mémoire les réprimandes des parents furieux de retards injustifiés. Tous deux s'attendrissaient sur les gifles reçues parce qu'elles étaient les estampilles d'une jeunesse lointaine. Trop sensible, le balayeur dut s'arrêter à deux reprises pour absorber un remontant sur le pouce. Après chaque étape, Ulysse se perdait dans une mélancolie de plus en plus profonde et qui lui mettait les larmes aux yeux. Il

(1) Écharde.
(2) S'envenimer.
(3) Chéri, en principe, réservé aux enfants.
(4) Repu.

entretint Darius de son enfance malheureuse qu'il noircissait avec la plus parfaite conviction. Il lançait hardiment un pont au-dessus des années écoulées et rejoignant d'un élan sa jeunesse soudain réputée triste et le foyer régenté par l'acariâtre Marguerite, se tenait pour le gone-martyr du Plateau. Ils finirent tout de même par arriver dans la rue Pernon, au café où le copain de Nizerolles avait ses habitudes.

Toutes les tables occupées par les joueurs de manille, Ulysse et Darius s'accoudèrent au comptoir, commandèrent un pot et l'époux de Marguerite se retournant, inspecta la salle. En quelques secondes, il repéra celui qu'il souhaitait rencontrer :

— Oh! Paul!

Un type énorme, congestionné, avec des bajoues lui tombant sur les épaules, plongé dans une discussion sur les résultats du match ayant opposé l'Olympique lyonnais au Football club de Sochaux, leva vers celui qui l'appelait un regard limpide.

— C'est pas vrai que c'est toi, Ulysse? Qu'est-ce que tu viens traîner tes grolles dans le coin?

— On voudrait te causer.

— Commande un pot et je m'amène.

Impressionné, le policier regarda le nommé Paul soulever, avec un han! d'effort, son corps monstrueux et venir à eux à la façon d'un navire pris dans la houle et roulant tribord sur bâbord.

— Darius, je te présente mon collègue Paul Brucamps... mon ami d'enfance et de régiment, Méjean.

On se serra la main, on trinqua et dès lors, on pouvait parler.

— T'es toujours dans le secteur, Paul?

— Toujours.

— Alors, peut-être que tu connais les demoiselles Sancourt de la rue Chazière?

— Et comment que je les connais! Pas plus radin pour les étrennes!

— Mon ami désirerait avoir des renseignements sur elles.

— Ah?

Le regard clair s'embruma quelque peu sous une ombre de méfiance. Nizerolles écarta le danger.

— C'est pour une enquête de moralité, à cause d'une demande qu'elles ont déposée à la Mairie.

— Parce que Monsieur est...

— ...fonctionnaire, comme nous.

Rassuré par cette référence indiscutable, le gros Paul se laissa aller.

— Des phénomènes... Pas méchantes, notez bien, mais à part. Un peu tordues sur les bords, à mon idée, et le garçon, il doit être pire que toutes ses sœurs réunies. Une bugne[1]... quoi... Le chef, paraît que c'est Mlle Félicité, la grande perche... Elle a une manière de vous envoyer aux pelotes qui te laisse sans réaction. Mlle Fabienne, celle qu'a de jolies mirettes, elle travaille chez Ricourt, le charcutier du boulevard Carnot, je crois qu'elle y est caissière mais je n'en suis pas sûr. Mlle Florence, celle qu'a toujours l'air qu'on vient de la réveiller, elle est commise chez la mère Chaumuzy, la mercière de la rue Bournes. La petite grosse, Mlle Fulvie, la plus sympa, elle est employée au bazar Borest, place Tabaceau, et Mlle Fanny, la seule encore possible, elle est vendeuse chez Escragnolles, tu sais, Ulysse, le droguiste de la rue Denfert-Rochereau? Quant à François, il est caissier à la crèmerie Josat, rue Villeneuve. A part ça, du monde au sujet duquel j'ai jamais entendu dire quoi que ce soit. Pour moi, sous leurs airs constipés, ce sont des pauvres

(1) Bénêt.

filles. Elles se soignent les unes les autres sans doute parce qu'elles s'aiment bien, mais aussi parce qu'elles ont toutes peur de rester la dernière, seule.

— Et leur frère, François?

— Celui-là, il me fait peine... On dirait un chien à qui on donnerait pas son content à manger et qui aurait toujours peur de recevoir un coup de pied aux fesses. Je me figure que toutes ces bonnes femmes, elles se vengent sur lui, sans peut-être y prendre garde, du dédain des hommes à leur égard. Des refoulées, quoi. Je voudrais pas être à la place de ce minable.

***

Les détails fournis par Paul et soigneusement notés n'avaient en rien avancé Méjean dans sa quête patiente. Il sentait que l'explication du meurtre de Lanvallay se trouvait chez les Sancourt et qu'il suffirait que l'une de ces demoiselles fît un effort de mémoire pour donner le nom de celui ou de celle avec qui Désiré était assez lié pour lui porter son courrier chaque soir. Mais qui pouvait avoir un courrier assez important ou assez pressé pour qu'il soit obligatoirement mis à la poste et non jeté dans une simple boîte aux lettres de quartier? Tout de suite, on pensait à une administration mais pourquoi du courrier deux fois par semaine seulement? Ces deux fois attiraient invinciblement l'attention sur la coïncidence des visites de Désiré chez les Sancourt et les lettres qu'il postait, mais comment supposer que les demoiselles écrivissent autant alors qu'elles étaient pratiquement retranchées du monde? Il y avait là quelque chose que Darius ne parvenait pas à comprendre et qui l'exaspérait.

Le lundi matin, il se leva de bonne heure et s'en fut attendre Janice — le collègue de Lanvallay — à l'entrée des bureaux des Contributions. Quand il reconnut le policier, Janice se précipita vers lui.

— Monsieur l'Inspecteur... Qui aurait dit quand vous m'avez demandé ces renseignements... pauvre Désiré... Une fin pareille pour un homme comme lui, c'est tout simplement incroyable!

Après avoir abondé dans le sens de son interlocuteur, Darius s'enquit :

— Monsieur Janice, est-ce qu'il arrivait que Lanvallay fût chargé, de façon régulière, de porter le courrier à la poste?

— Le courrier? mais non, on vient le chercher directement ici parce qu'il y en a pas mal, savez-vous?

— Je le suppose, en effet.

— Notez qu'il a pu arriver que ce malheureux Désiré qui était l'obligeance même se soit de temps à autre chargé d'un courrier en retard mais de façon tout à fait exceptionnelle.

— Je vous remercie.

— Monsieur l'Inspecteur, est-ce que je peux vous demander si l'on possède des indications sur celui qui...

— Hélas, non, monsieur et croyez bien que je suis le premier à le regretter.

Revenant vers le commissariat, Méjean se démontrait à lui-même que les lettres postées par Désiré le mardi et le vendredi devaient obligatoirement lui être remises par quelqu'un qu'il rencontrait en se rendant chez les Sancourt. Un familier du *Refuge des Passementiers*? mais comment refaire l'itinéraire de Lanvallay, le mardi et le vendredi? Si seulement les demoiselles voulaient parler... Elles ne devaient rien savoir de précis mais connaître des détails qui, juxtaposés, permettraient peut-être au policier de trouver le fil qu'il cherchait vainement. Malheureusement, il était à parier que jamais les Sancourt ne piperaient mot sous l'œil sévère de Mlle Félicité. Darius s'arrêta brusquement. Savoir si les « petites » débarrassées de la présence de leur sœur aînée ne se montreraient pas plus bavardes? Il fallait les rencontrer individuellement... Heureux de cette décision qu'il se reprochait de n'avoir pas prise plus tôt, Méjean gagna son bureau d'un pas allègre. Seulement, il déchanta très vite lorsque le commissaire l'appela dans son bureau et sur un ton qui ne présageait rien de bon.

B.B. entra tout de suite dans le vif du sujet.

— Il paraît que Monsieur l'Officier de Police Méjean se fiche comme d'une guigne des ordres que je lui donne?

Avec une parfaite mauvaise foi, Darius protesta :

— Je ne vois pas, monsieur le Commissaire...?

— Vous ne voyez pas, vraiment? Dites-moi, Méjean, ne vous ai-je pas demandé de laisser tomber l'affaire Lanvallay?

— Je ne pense pas vous avoir caché mon intention de la poursuivre?

— En somme, vous n'en faites qu'à votre tête?

— Je pense agir dans l'intérêt de la justice!

— Méjean, je vous ai prévenu que vous alliez au-devant d'ennuis graves si vous vous permettiez de marcher sur les brisées du S.R.P.J. et si vous vous permettiez, sans le moindre mandat, d'aller embêter vos concitoyens, n'est-ce pas?

— Oui et alors?

— Alors, ces ennuis vont commencer. J'ai reçu, tout à l'heure, la visite de Mlle Félicité Sancourt. Elle m'attendait pour être certaine d'être la première reçue. Elle doit me prendre pour l'équivalent d'un ministre!

— Que voulait-elle?

— Vous ne le devinez pas?

— Ma foi...

— Elle tenait à me mettre au courant des faits et

gestes d'un policier qui persécute sa famille, lui rend des visites inopportunes, la guette à l'entrée d'une église, l'y suit à l'intérieur et qui, reçu chez elle pour mettre un terme à cette farce, l'insulte gravement devant tous les siens réunis. Elle exigeait des explications, et je me suis bien gardé de lui révéler que vous agissiez sans mandat, sans quoi elle portait plainte, et qu'est-ce que je pouvais faire?

— Lui demander, par exemple, pourquoi elle m'avait menti la première fois que je me suis rendu chez elle, en m'affirmant qu'elle ne connaissait pas Désiré Lanvallay alors que depuis plusieurs mois, elle l'accueillait deux soirs par semaine?

— Quelle raison à ce silence?

— La peur du scandale.

— Comment cela?

Méjean conta à B.B., par le menu, le récit de ses démêlés avec la famille Sancourt. Il dit sa conviction que sans s'en douter, vraisemblablement, ces demoiselles possédaient la solution de l'énigme posée par l'assassinat de Lanvallay mais que, murées dans leurs idées absurdes, elles ne parleraient pas. Darius dit encore son intention de les interroger séparément dans l'espoir qu'elles se sentiraient plus libres de s'exprimer que dans la maison de la rue Chazière.

Le commissaire Bertrand était un bon policier qui aimait son métier. L'histoire l'intéressait et il faisait taire ses griefs personnels contre Méjean pour ne considérer que le problème posé.

— Méjean, le plus simple serait d'aller raconter tout ça à nos collègues de la Criminelle. Je suis persuadé qu'ils vous seront reconnaissants de vos informations.

— Ce n'est pas suffisant, monsieur le Commissaire. A mon avis, on ne saurait se débrouiller dans cette affaire en empruntant les voies ordinaires. C'est plus une aventure psychologique qu'un fait divers sanglant.

— Et vous vous croyez plus apte que les autres à éclaircir le mystère?

— Oui.

— Pourquoi?

— Parce que j'ai cinquante-trois ans, parce que je connais la Croix-Rousse comme ma poche.

— Arguments un peu faibles, ne pensez-vous pas?

— Tous les arguments sont faibles pour ceux qui n'ont pas la foi!

— Tandis que vous, vous l'avez?

— A un point que vous ne pouvez imaginer, monsieur le Commissaire. J'avance lentement, certes, mais j'avance et je suis sûr que je saurai qui a tué Lanvallay et pourquoi.

B.B. poussa un soupir résigné.

— Et dire que, probablement, vous vous répandez partout en proclamant que je vous persécute, hein? Entre nous, Méjean, convenez que vous avez une tête de cochon?

— Sur ce détail aussi, monsieur le Commissaire, vous êtes mon supérieur.

— Ce n'est pas vrai et je vais vous le prouver en vous couvrant dans votre enquête pendant quarante-huit heures mais pas une minute de plus. D'accord?

— D'accord et... merci, monsieur le Commissaire.

***

Son magasin étant le plus proche du commissariat, Darius se rendit d'abord rue Villeneuve, à la crèmerie Josat où François Sancourt était caissier. Le policier, prétextant la nécessité d'un témoignage au sujet d'un accident dont il était le principal témoin, pria le patron de libérer son employé durant quelques minutes et d'avoir l'amabilité de lui indiquer un coin où il pourrait bavarder avec François Sancourt à l'abri des curieux. Le crémier qui ne tenait nullement à se mettre mal avec la police, appela François et le conduisit avec Darius dans un réduit derrière le magasin.

— Ma visite vous surprend, sans doute, monsieur Sancourt?

— Un peu, je l'avoue... Je pensais qu'hier...

— Vous vous trompiez. Avec votre sœur aînée ou seulement en sa présence, il est à peu près impossible de discuter. Elle ne comprend rien ou semble ne rien comprendre. Elle est butée dans sa certitude d'avoir toujours raison et rend tout dialogue impossible.

François murmura :

— Vous vous en êtes rendu compte, vous aussi...

Darius feignit de ne pas avoir entendu.

— Alors, j'ai pensé que si je pouvais avoir une conversation en tête-à-tête avec vous, l'homme de la famille...

Sancourt haussa les épaules.

— Oh! l'homme...

— Permettez-moi de profiter de votre remarque pour vous confier la désagréable impression que j'ai ressentie chez vous. Il m'a semblé m'apercevoir que toutes ces demoiselles vous traitent comme... enfin, à la façon d'un...

François eut un sourire navrant.

— ...domestique?

— Ma foi, puisque vous avez prononcé le mot...

— Mes sœurs ne font que copier l'attitude de Félicité à mon égard.

— Excusez-moi de cette réflexion mais pourquoi acceptez-vous cette situation humiliante?

— Parce que je n'ai plus le courage de la faire cesser.

Jusque-là, François répondait avec une certaine réticence puis, d'un coup, comme s'il se sentait en confiance, il se laissa aller.

— Vous ne pouvez pas deviner, comprendre, monsieur l'Inspecteur. Nous ne savons plus vivre sans Félicité et c'est elle qui a été la cause de tout.

— De tout... quoi?

— De ce que nous sommes devenus. Des bons à rien. A plus de cinquante ans, nous sommes de vieux bébés pitoyables, sans volonté et qui ont toujours peur d'être grondés... Nous nous rendons parfaitement compte que Félicité est un monstre mais que voulez-vous que nous y fassions?

— Vous en aller?

Sancourt sursauta et dit d'une voix effrayée :

— Vivre seul? Ce n'est pas possible!

— Pourquoi?

— Parce que... parce que nous ne saurions pas.

Méjean éprouvait de la pitié pour ce vieil enfant au visage parcheminé qui n'était jamais devenu un homme et qui ne le deviendrait plus. Il s'enquit avec douceur :

— Vous et vos sœurs, vous détestez Félicité?

— Oui.

— Vous souhaitez sa mort?

— Sa mort? Oh! non!

— Elle vous rendrait libres?

— Nous ne saurions plus quoi faire de notre liberté.

— Monsieur Sancourt, pour quelles raisons vos sœurs et vous, ne vous êtes-vous pas mariés?

— Félicité ne nous l'a pas permis... Il y a... oh! il y a longtemps... j'avais rencontré une jeune fille... Elle s'appelait Marthe... Elle travaillait non loin d'ici... nous sympathisions... J'en ai parlé à Félicité et elle a invité Marthe à la maison. Elle s'est montrée si odieuse que la petite est partie en pleurant. Elle m'a donné à choisir entre elle et ma famille et une fois de plus, je n'ai pas eu le courage de rompre. Maintenant, Marthe a de grands enfants, et moi...

Méjean fut horriblement gêné de voir couler des larmes sur ce visage couleur de chandelle.

— A votre avis, monsieur Sancourt, pourquoi votre sœur agit-elle ainsi? Autoritarisme? Jalousie?

— Les deux vraisemblablement, mais aussi l'amour.

— L'amour?

— Nous sommes les enfants qu'elle n'a pas eus et qu'elle aurait voulu avoir. Elle n'admet pas qu'on puisse s'éloigner d'elle. Elle est convaincue qu'il lui incombe de nous protéger contre tout et contre tous. Elle aime nous voir malheureux parce que de cette façon, elle nous sent plus près d'elle.

— S'était-elle opposée au projet de mariage entre votre sœur Fanny et Lanvallay?

— Non et, pour une fois où elle était d'accord, il a fallu que ce malheureux...

— Vous ne voyez donc aucun rapport entre sa mort et le fait qu'il ait courtisé votre sœur Fanny?

— Sûrement pas! De plus, je ne vois pas quelle sorte de rapport il pourrait y avoir?

— Étiez-vous en sympathie avec Lanvallay?

— Il me plaisait bien mais d'ici à affirmer que nous étions des amis, il y a une marge. Je n'ai pas d'amis, monsieur l'Inspecteur. Je n'en ai jamais eu. Félicité ne l'aurait pas toléré.

***

En quittant François, Darius éprouvait tout ensemble une pitié teintée de mépris pour ce garçon qui n'avait pas eu le courage d'être un homme, et une aversion mêlée de colère pour Félicité, sorte d'ogresse qui avait dévoré la vie de ses cinq sœurs et de son frère. De la rue Villeneuve, Méjean rejoignit directement le boulevard de la Croix-Rousse et repéra très vite la charcuterie Ricourt où Fabienne tenait la caisse. Ici, le patron était un jovial qui semblait avoir de l'affection pour son employée et ne fit aucune difficulté pour la laisser bavarder un instant avec le policier. Il leur céda même sa petite salle à manger, son appartement jouxtant le magasin.

Fabienne paraissait inquiète. La regardant, Darius se disait qu'il était vraiment dommage qu'une figure aussi ingrate possédât de si beaux yeux.

— Mademoiselle, je viens de voir votre frère et je me propose de rencontrer vos autres sœurs, à seule fin que je puisse m'entretenir avec elles en dehors de la surveillance de Mlle Félicité. Que pensez-vous de votre aînée?

Fabienne baissa la tête et murmura :

— Elle est dure...

— Elle a toujours été ainsi?

— Toujours.

— Vous vous plaisez rue Chazière?

— Je ne sais pas.

— Vous ne savez pas?

— Pour juger, il faudrait que je connaisse ailleurs.

— Vous n'avez jamais eu envie de partir?

— Oh! si!... Je n'ai jamais osé.

— Pourquoi?

— Félicité...

— Il ne vous est pas venu à l'idée que vous pourriez vous marier?

Le regard de Fabienne brilla et pour un très court instant, elle parut presque jolie...

— J'aurais bien aimé avoir des enfants! Mais Félicité n'a pas trouvé quelqu'un qui me convenait...

— Vous auriez pu chercher vous-même?

Elle le regarda fixement, incompréhensive.

— Chercher? Où ça? Je ne fréquente personne et personne ne vient nous voir.

— Sauf M. Lanvallay.

Elle sourit.

— Oui... Fanny avait de la chance, et puis...

— Estimez-vous que c'est par suite de la fréquentation de votre maison que Lanvallay est mort?

— Mais... ce n'est pas chez nous qu'il a été tué!

Le policier n'insista pas et, abandonnant Fabienne à ses comptes, il se dirigea vers la place Tabareau où la grosse Fulvie émergea des tas d'objets empilés en colonnes impressionnantes dans le bazar de M. Borest, pour accueillir son visiteur avec sa gentillesse habituelle.

— Viendriez-vous en client, monsieur l'Inspecteur?

— Non pas... mais ayant bavardé avec votre frère François, et votre sœur Fabienne, j'ai désiré vous interroger. Pouvons-nous nous asseoir quelque part?

— C'est que M. Borest n'est pas là aujourd'hui et c'est moi qui garde le magasin.

— Eh bien! je vais vous poser mes petites questions en souhaitant qu'on ne nous dérange pas trop. Quelle est votre opinion sur votre sœur Félicité?

— Félicité? c'est quelqu'un de remarquable... La plus intelligente de nous toutes, la plus cultivée aussi. Elle seule pouvait mener la maison comme elle la mène depuis près de quarante ans... Sans elle, nous aurions été perdus.

Tout en s'en voulant de sa méchanceté, Darius ne put se tenir de dire :

— Ne croyez-vous pas que vous l'avez été?

L'expression de Fulvie changea, ses traits s'assombrirent.

— Si... Elle a fait de nous des anormaux.

— Dans quel dessein?

— En pensant bien agir, sans doute.

— Vous n'avez jamais songé à vous marier?

— Je préférerais ne pas aborder ce chapitre.

— Félicité vous aurait-elle permis de fonder un foyer, de vivre ailleurs que près d'elle?

— Je ne sais pas. Et puis, quelle importance, maintenant?

— Vous n'êtes pas si vieille...

Elle secoua la tête.

— Ce n'est pas ça, quoique j'aie quarante-cinq ans mais c'est fini...

Elle éclata en sanglots si bruyants que, de la caisse, une femme s'enquit :

— Quelque chose qui ne va pas, Fulvie?

— Non, non, madame Germaine...

Méjean la laissa se calmer un peu.

— Vous sympathisiez avec M. Lanvallay?

— Il aimait ma sœur Fanny... Ça se comprend d'ailleurs. Elle a toujours été la mieux de nous toutes.

— Lanvallay vous faisait-il des confidences?

— Pour quelles raisons m'en aurait-il fait? Ce n'était pas moi sa fiancée.

Elle se remit à pleurer mais sans bruit, cette fois. Darius lui tapota paternellement l'épaule.

— Allons, reprenez-vous... Toutes ces questions, je ne vous les pose pas pour vous ennuyer, j'essaie seulement de deviner pourquoi on a cru nécessaire de tuer un garçon aussi inoffensif que Désiré Lanvallay.

— ...et si bon.

— J'en suis convaincu. Il ne vous viendrait pas à

l'esprit qu'il ait pu mourir parce qu'il fréquentait chez vous?

— Qui cela pouvait-il intéresser?

***

Méjean laissa la malheureuse Fulvie noyée de larmes dans un chagrin profond et, par l'avenue Cabias atteignit l'avenue Denfert-Rochereau où il chercha et trouva le droguiste Escragnolles où Fanny, la dernière des Sancourt, gagnait sa vie en qualité de vendeuse. Le propriétaire du magasin avait gardé de sa naissance provençale un accent merveilleusement ensoleillé et une familiarité héritée en ligne directe de gens doués d'un grand sens de la sociabilité. A la requête du policier, il répliqua en appelant Fanny :

— Hé! petite! amène-toi un peu... Il y a quelqu'un qui désire t'emmener en prison, mais ne t'en fais pas, j'irai t'y porter le panier! Allez, faites pas attention, je plaisante. La petite y est habituée. Faut bien rire, pas vrai?

Dans la réserve où ils avaient pris place sur des caisses, Darius exposa à Fanny ses précédentes visites et conclut son petit speech en lui demandant quels étaient ses sentiments envers Félicité. Elle fut la plus franche.

— Je la déteste!

— Ah?

— C'est à cause d'elle que nous menons des existences de recluses! C'est à cause d'elle que nous vivons comme des nonnes!

— Il ne fallait pas l'accepter.

— Elle nous y a habituées dès l'enfance. Nous n'avions pas dix ans qu'on n'osait rien entreprendre sans demander la permission de Félicité, les conseils de Félicité, les recommandations de Félicité et tout cela afin de ne pas encourir le blâme de Félicité!

— Mlle Fanny, de l'aveu même de vos sœurs, vous êtes la plus jolie de la famille... Votre existence de recluse vous pèse et, cependant, vous travaillez au dehors... Il m'est difficile d'admettre qu'aucun homme ne vous ait remarquée? Ne vous ait fait la cour?

— Sans doute, mais aucun n'a plu à Félicité... et dès que les soupirants nous voyaient au complet, ils prenaient peur et se sauvaient. L'idée de se mêler à notre petit monde les décourageait. Autant leur ordonner de vivre dans un musée...

— Rien ne vous empêchait de partir avec votre mari?

— Si... l'habitude.

— Et Lanvallay?

— C'était ma bouée de sauvetage et il se serait très bien arrangé de nos mœurs arriérées. Il était de notre race.

— Vous l'aimiez?

— Comme on aime à mon âge.

— Avez-vous le moindre soupçon de ce qui lui est arrivé? Je veux dire, vous doutez-vous des raisons qui ont pu amener quelqu'un à l'assassiner?

— Vous savez, je ne parviens pas à croire qu'on ait tué Désiré... que la fenêtre que j'avais cru ouverte, enfin, s'est refermée pour toujours... Que quelqu'un ait voulu faire du mal à un garçon aussi simple, aussi dénué de malice, c'est inconcevable.

— Vous racontait-il ce qu'était son existence?

— Oui, bien sûr...

— Il ne vous a jamais parlé d'ennemis?

— Il ne pouvait avoir d'ennemis.

— Celui qui l'a assassiné n'était certainement pas de ses amis, mademoiselle. Il n'a jamais cité le nom d'un familier, de gens avec qui il était plus ou moins lié?

— Je crois qu'il vivait seul... C'est pour cela qu'il était heureux chez nous... En plus de la tendresse qu'il me portait, il trouvait une famille.

— Mlle Félicité voyait-elle ce mariage d'un bon œil?

— Non, mais cette fois, j'étais décidée à ne pas me laisser dominer!

— Lui aviez-vous révélé vos intentions?

— Oui.

*
* *

Darius ne parvenait pas à s'endormir. Il ne cessait de se tourner et de se retourner dans son lit. A plusieurs reprises, de la chambre voisine dont la porte demeurait constamment ouverte, Louise lui avait demandé si elle devait lui préparer un calmant. Mais le seul calmant efficace eût été une indication précise qui l'aurait mis sur la piste de l'assassin de Lanvallay. A quoi avait abouti cet après-midi d'enquête? A pas grand-chose, sinon à lui démontrer que tous les Sancourt détestaient et craignaient leur sœur aînée, Félicité. Même la pauvre Florence, à laquelle il était allé rendre visite chez sa mercière de la rue Bournes, en sortant de chez le droguiste, s'était arrachée à sa torpeur habituelle pour s'épuiser en aigres récriminations contre Félicité, qui l'avait traitée depuis son enfance, comme une incapable. C'est tout juste si elle n'exigeait pas qu'elle lui montrât ses mains avant de passer à table.

Méjean était presque épouvanté devant la révélation

de ce monde de reclus volontaires. Il ne comprenait pas et sentait pourtant que la vérité lui échapperait tant qu'il ne parviendrait pas à comprendre les Sancourt. Malheureusement, le commissaire ne lui avait donné que quarante-huit heures. Pourquoi des femmes mûres, un homme déjà sur le déclin, se soumettaient-ils aussi totalement à cette Félicité? Quelle était la nature de l'emprise qu'elle exerçait sur eux? Sa jalousie maladive confondue avec une tendresse exclusive lui faisait-elle considérer à l'égal d'une trahison le désir manifesté par celui-ci ou par celle-là de fonder un foyer à soi? Avait-elle subi un premier échec avec la venue de Désiré Lanvallay? La rébellion ouverte de Fanny lui avait-elle fait deviner que cette fois, elle ne parviendrait pas à convaincre sa cadette de ne pas se marier, que son bonheur était auprès d'elle et nulle part ailleurs? Alors, s'en était-elle prise à Lanvallay en désespoir de cause? Était-ce Félicité qui avait entraîné le pauvre Désiré au jardin des Esses? Cette grande femme maigre devait avoir assez de force pour étrangler un homme avec un lacet, surtout un homme qui ne se méfiait pas. Darius glissa dans le sommeil en songeant qu'il aimerait bien constater s'il manquait ou non une corde au piano du salon des Sancourt.

Vers trois heures du matin, Méjean se réveilla en sursaut sans se rappeler tout de suite ce qui l'avait arraché au sommeil. Il s'efforça de reprendre le fil de son rêve... Voyons... il refaisait ses visites de l'après-midi mais les patrons et les patronnes des Sancourt étaient des êtres qui se révélaient exceptionnels, l'une se transformait en araignée, l'autre en serpent et dans chaque magasin, il découvrait Félicité cachée dans la pièce où il interrogeait ses sœurs. Méjean était certain d'avoir été réveillé par une constatation qui lui avait flanqué un choc. Mais quoi? Longtemps, il se tortura la cervelle et soudain, il trouva ce qui l'avait frappé au cours de ses entretiens sans qu'il en eût pris conscience sur-le-champ. Une seule des Sancourt avait pleuré en parlant de Désiré Lanvallay, Fulvie. Pourtant c'était Fanny la fiancée du mort, une fiancée qui avait les yeux secs.

CHAPITRE IV

En se levant, Darius témoigna d'une humeur telle que Louise en fut heureusement surprise.

— Ma parole, tu sifflotes? Bientôt tu vas te mettre à chanter?

— Pourquoi pas?

— Peut-on savoir la cause de cette allégresse exceptionnelle?

Suspendant le geste qu'il était en train d'exécuter pour nouer sa cravate, Méjean s'approcha de sa femme et la prit aux épaules.

— Deux choses me donnent envie de chanter : primo, j'entrevois des lueurs ou mieux des contradictions riches de promesses dans l'affaire Lanvallay; secundo, je me propose, en sortant d'ici, d'aller exprimer à Mlle Félicité Sancourt ce que je pense d'elle.

— Pourquoi?

— Pour le plaisir!

Sur ce, le policier acheva de s'habiller, but son café et fila d'un pas résolu vers la rue Chazière où la tyrannique vieille fille ne s'attendait sûrement pas à sa visite.

Elle s'y attendait si peu, Félicité, qu'elle entrouvrit la porte alors qu'elle était encore en peignoir. Elle voulut refermer, mais Darius repoussa doucement — et fermement — le battant.

— Police! Mademoiselle Sancourt, vous ne pouvez m'empêcher d'entrer.

— Mais, le commissaire m'a dit...

— Il est revenu sur ses déclarations et c'est sur son ordre que je me présente chez vous.

— Je... je ne suis pas habillée.

— Aucune importance!

De son propre chef, agissant avec une grossièreté voulue, Méjean gagna le salon et s'y installa. Félicité, pâle de colère, se planta devant lui.

— A quoi rime votre attitude, monsieur l'Inspecteur? Si vous avez quelque chose à me demander ou à me dire, je vous serais obligée de le faire au plus vite.

— Je n'ai rien à vous demander, mademoiselle, mais j'ai tenu à vous donner mon opinion sur vous.

— Vraiment?

— Vraiment!

— Vous me connaissez suffisamment, parce que vous m'avez vue une heure, pour établir votre jugement?

— Mon jugement, mademoiselle, n'est que l'écho de celui de vos sœurs et de votre frère.

Il crut voir son visage s'altérer. Il poursuivit :

— Savez-vous que vous êtes un monstre, mademoiselle?

— Vous êtes fou?

— Et que si la justice ne manquait pas à tous ses devoirs, vous devriez être en prison ou, pour le moins, dans un asile psychiatrique?

— C'est pour m'insulter de façon aussi stupide que vous vous présentez chez moi de si bonne heure?

— J'ai voulu m'offrir le luxe de vous exprimer ce que les vôtres n'osent pas vous dire.

— Ah? Parce qu'ils n'osent pas?

— Non... Vous les avez tellement « infantilisés » — si je puis me permettre d'inventer un mot — que devant vous, ils sont pareils à des gosses redoutant les gronderies. Ils m'ont tous parlé de votre autoritarisme démentiel, de votre volonté farouche de les empêcher de se créer une existence normale, de votre opiniâtreté à renvoyer tous les prétendants, si bien que j'en suis arrivé — ayant appris de sa bouche, que votre sœur Fanny ne vous aurait pas, cette fois, laissée renvoyer Lanvallay — à me demander si ce n'est pas vous qui l'auriez étranglé dans le jardin des Esses pour vous débarrasser de ce coucou qui se proposait de venir nicher dans le nid que vous défendez si jalousement?

Devant cette accusation, Félicité ne s'indigna pas, ne protesta pas. Elle se contenta de remarquer :

— Vous me sembliez un homme de bon sens, monsieur l'Inspecteur...

Elle se tut un instant puis déclara d'une voix tremblante :

— Mes sœurs et mon frère se sont réellement exprimés sur mon compte ainsi que vous me l'avez rapporté?

— L'une d'entre elles a précisé qu'elle vous haïssait... les autres se contentent de vous détester.

Félicité se mit à pleurer avec beaucoup de discrétion. Méjean en fut gêné, sur le moment, et désorienté. Il ne pensait pas que cette femme si dure pût agir à la façon d'une femme ordinaire. Ennuyé, il s'enquit :

— Vous ne vous doutiez pas des sentiments qu'ils vous portaient?

— Ce sont des malheureux, mais pas par ma faute... Vous les connaissez. Pouvez-vous affirmer que mon frère est normal? Que Fabienne et Florence sont normales? Que ma petite Fulvie soit bonne à quoi que ce soit? Il n'y a que Fanny... mais ce n'est qu'en surface...

Sous des dehors arrogants, une âme pusillanime, prête à toutes les obéissances, toutes les soumissions. En les séparant autant que possible du monde, je les défendais contre eux-mêmes. Pas un de mes cadets n'était capable de fonder un foyer... Le leur laisser croire eut été un crime car tout se serait achevé en catastrophe. Et vous me dites qu'ils n'ont rien compris... qu'au lieu d'avoir un peu de reconnaissance pour moi, ils me détestent... Croyez-vous que je dorme la nuit quand il m'arrive de penser que, théoriquement, je partirai la première? Que deviendront-ils sans moi? Si je n'étais pas là, il y en a qui ne se lèveraient pas le matin... Leur emploi, ils le considèrent comme ils faisaient pour les classes de leur jeunesse. Ils s'y rendent contraints et forcés. Moi disparue, ils feront l'école buissonnière et avec quoi mangeront-ils?

— Cependant, vous sembliez permettre à Fanny de se marier?

Elle marqua une légère hésitation et Darius eut le sentiment que, sur le point de dire quelque chose, elle se ravisait.

— Je pense qu'il leur ressemblait et que cela ne m'aurait fait qu'un enfant de plus.

— Mais, vous ne l'aimiez pas?

Elle haussa les épaules.

— Il m'était indifférent.

— Vous n'avez pas essayé de vous en débarrasser par des lettres anonymes?

Félicité eut un sourire triste.

— Je comprends, maintenant, pourquoi vous me traitiez de monstre... Je n'ai jamais rien commis de bas dans ma vie, monsieur l'Inspecteur. Je regrette de vous décevoir.

— Il ne vous est pas arrivé de confier du courrier à Lanvallay?

— A qui pourrions-nous bien écrire?
— Peut-être Fanny les lui remettait-elle avec le courrier de son employeur?
— Je crains que vous ne compliquiez les choses à plaisir, Monsieur l'Inspecteur. Pour quelles raisons Fanny aurait-elle transporté jusqu'ici le courrier de sa maison et écrit des lettres anonymes contre celui qu'elle souhaitait épouser?

***

Si Méjean avait été dérouté par l'apparent désespoir de Félicité, il ne se sentait pas pour autant convaincu de sa sincérité. Il avait l'obscure impression que depuis le début de son enquête, on lui mentait, mais qui? Il fallait sans cesse en revenir à ces lettres anonymes, cause du drame. Darius revit le visage soudain creusé, presque épouvanté de Désiré lorsqu'il lui avait annoncé que dans le courrier qu'il jetait à la poste, se trouvaient des lettres injurieuses à son égard. Il se fût agi d'un collègue de bureau, la réaction de Lanvallay — pour timide qu'il fût — aurait été la colère. Son chagrin indiquait que, pour lui, un rideau se levait et que le spectacle découvert le stupéfiait, le terrifiait. En bref, tout indiquait que l'anonyme comptait parmi les familiers de Désiré, parmi ceux en qui il croyait pouvoir nourrir une confiance totale, et qui, mieux que les gens de sa future nouvelle famille, répondait à cette définition? D'autant plus que, de l'enquête menée, il ressortait que Lanvallay n'avait pas de véritables amis, à peine des connaissances. Toutes ces considérations prouvaient que le courrier était remis à Désiré par quelqu'un de la famille Sancourt et le nom de Félicité venait spontanément à l'esprit du policier car elle était la seule qui eût assez d'énergie pour mener à bien un plan longuement mûri. Pourtant, elle avait paru sincère dans son désarroi en apprenant — ou en feignant d'apprendre? — que ses sœurs et son frère ne l'aimaient pas. Une malade, imposant sa loi à d'autres malades?

Méjean faisait part de ses sentiments contradictoires au commissaire Bertrand qui l'écoutait avec attention.

— En somme, vous n'êtes guère plus avancé qu'au premier jour?

— Je n'ai qu'une certitude : on me ment chez les Sancourt sans que je puisse savoir qui et pourquoi.

— Si c'est l'un d'eux qui a assassiné Lanvallay, le « pourquoi » est facile à comprendre.

— Bien sûr, mais la difficulté de cette affaire est qu'aucun des Sancourt ne me semble capable de commettre un meurtre, à part Félicité qui me paraît de taille à assumer pareille besogne, mais encore une fois, dans quel but? Jusqu'ici, d'après ses cadets, elle a toujours su empêcher les mariages, les départs du foyer, pour quelles raisons n'en aurait-il pas été de même ce coup-ci? Elle n'avait pas intérêt à changer de méthode. J'ajoute que les explications qu'elle m'a fournies sont assez convaincantes.

— Si elles concordent avec la vérité.

— Monsieur le Commissaire, je connais tous les membres de la famille Sancourt. Je ne pense pas qu'il y en ait un qui soit apte à vivre seul, je veux dire sans être aidé, soutenu, à part, peut-être, Fanny, et encore je n'en mettrais pas ma main au feu.

— En somme, Méjean, votre Félicité fait tout à la fois un complexe d'amour maternel parce qu'elle a toujours eu à charge ces sous-développés mentaux, et un complexe dictatorial parce qu'elle n'a jamais eu aucune peine à imposer sa volonté. Tout individu qui aspire à se mêler à la tribu, soit pour ravir un de ses membres, soit pour s'y faire une place, devient un ennemi et elle le chasse comme les abeilles font du frelon qui s'est aventuré dans la ruche.

— D'accord, mais pourquoi cette innovation des lettres anonymes?

— Qui vous assure qu'il s'est agi d'une innovation? Et puis, Fanny ne s'est peut-être pas laissée convaincre d'écarter Lanvallay?

— Comment expliquer que Félicité soit allée jusqu'au meurtre?

— On peut imaginer que, brusquement, la famille entière a fait bloc contre elle en faveur de Fanny et de Lanvallay. Dès lors, elle a été contrainte de choisir entre l'abdication et le crime.

— Dans ce cas, les autres sauraient qu'elle est la coupable!

— Et qui vous dit qu'ils ne le savent pas?

— Un peu fort, non?

— Méjean, vous êtes entré dans un petit univers qui n'obéit pas à nos lois. La porte de la maison refermée, je gage qu'il y a eu des scènes terribles entre les Sancourt et il est possible que Félicité ait dû faire front à une révolte générale, mais l'assassinat commis, les Sancourt qui ont en commun la terreur du scandale et qui, vraisemblablement, préféreraient mourir plutôt que de voir le monde s'occuper d'eux, se taisent et se tairont. Ils sont devenus complices et ils mentiront, soyez-en persuadé, non pour sauver Félicité mais pour sauver la famille.

— Si vous avez raison, monsieur le Commissaire — et je crois que vous avez raison — de quelle façon m'y prendre pour les forcer à avouer leurs mensonges?

— Je n'en sais rien.

Darius soupira :

— C'est dans ces sortes de cas que je constate mes lacunes... Un type instruit, à ma place, se débrouillerait... Après tout, je mérite peut-être bien d'être resté simple officier de police.

— Allons, allons, ne commencez pas à vous lancer dans une autocritique qui ne servirait à rien, sinon à vous démoraliser un peu plus. Personne n'a exigé de vous, quand vous êtes entré dans le métier, que vous soyez docteur en psychopathologie, n'et-ce pas? Quand on a affaire à ces hommes et à ces femmes qui sans être catalogués malades mentaux ont des comportements qui rompent avec ceux de leurs contemporains, n'importe qui perd pied. Je vous ai donné quarante-huit heures, je ne reviens pas là-dessus. Si, dans vingt-quatre heures, vous me dites que vous renoncez, alors j'irai raconter ce qu'il en est aux policiers de la S.R.P.J. et on verra bien comment ils se débrouilleront.

Méjean n'était pas consolé lorsqu'il quitta B.B. Il avait beau tourner et retourner le problème dans son esprit, il n'entrevoyait pas de solution mais, ce qui le déprimait le plus, c'est qu'il devinait l'explication toute proche, presque facile à saisir sans que pourtant, il s'en jugeât capable.

En regagnant son bureau, Darius eut la surprise d'y trouver Ulysse Nizerolles pas très à son aise.

— Ulysse, qu'est-ce que tu fiches ici? Quelque chose qui ne va pas?

— C'est pas ça, mais j'ai pas l'habitude de fréquenter ces endroits.

— N'aurais-tu pas la conscience tranquille?

— Qui est-ce qui l'a la conscience tranquille, à cette heure?

— Si tu n'es pas là pour ton plaisir...

— Oh! ça, non!

— ...Alors pourquoi y es-tu?

— Parce que je me suis rappelé quelque chose.
— A quel propos?
— A propos de tes catolles de la rue Chazière qui te tiennent tant à cœur.
— Vrai? Vas-y, je t'écoute.
— Voilà : y a une mémé qu'a longtemps servi chez ces bonnes femmes. Elle y allait tous les jours une heure ou deux pour donner un coup de main au ménage et pour les provisions... Elle a bien dû y rester une dizaine d'années... Je me suis pensé que par elle, tu pourrais avoir des renseignements de première sur ces sacrées femelles qui te mettent la comprenette à l'envers! Je me suis trompé?
— Pas du tout! Comment s'appelle-t-elle ta mémé?
— Clotilde Curley.
— Son adresse?
— Rue Clos-Savaron. Son numéro, j'en sais rien mais t'auras qu'à demander, tout le monde la connaît dans le coin.

***

Dans cette étrange histoire, Méjean passait de l'abattement à la confiance en quelques instants. Il était prêt à renoncer et voilà que, de nouveau, l'espoir l'habitait. Décidément, Ulysse risquait d'avoir été son bon génie. On eût dit qu'il avait pour tâche de le ramener sans cesse sur le chemin qu'il était sur le moment d'abandonner.

Darius arriva rue Clos-Baron vers onze heures. Il aborda une ménagère balayant sa portion de trottoir pour lui demander si elle connaissait Mme Clotilde Curley.

— La mémé! Vous pensez si je la connais! depuis que j'ai été petite... Une bien brave personne. Je crois pas que vous trouveriez quelqu'un pour en causer en mal!

— Vous m'en voyez ravi mais...

— Pourtant, avec toutes les misères qu'elle a endurées, la pauvre, elle aurait été bien excusable de tourner au mauvais.

— Évidemment, toutefois...

— Pensez donc! son mari qui se tue en tombant d'un échafaudage et à l'époque, hein, y avait pas de sécurité sociale... Ce malheur lui a tellement retourné les sangs que le petit qu'elle portait, il est mort-né. Elle s'est trouvée toute seule. Il y en a, on croirait qu'ils ont le malheur collé à leurs trousses.

— C'est exact. Pourrais-je...

— Alors, elle qui avait son intérieur et tout, elle a dû se placer chez les autres... C'est dur, quand on n'en a pas l'habitude.

Exaspéré, Darius tourna le dos à la bavarde qui, après une seconde ou deux, le rappela :

— Hé! Monsieur, qu'est-ce qui vous arrive? Je m'étais figurée que vous vouliez des renseignements sur la mémé Curley?

— Simplement son adresse.

— Vous pouviez pas le dire? Voyez, c'est la maison un peu en retrait avec des volets bleus... Elle se tient au rez-de-chaussée... Vous avez qu'à entrer. Pas la peine de frapper.

— Je vous remercie, Madame.

Appuyée sur son balai, elle regardait le policier s'éloigner et maugréait :

— Quand même, y en a qu'ont de drôles de manières...

Ainsi qu'on le lui avait recommandé, Darius poussa la porte qui donnait sur une petite cuisine fort propre. Dans un grand fauteuil de jardin, une femme à cheveux blancs tricotait. Elle fixa l'intrus sans surprise et d'une voix étonnamment claire, s'enquit :

— Vous désirez?

— Excusez-moi d'être entré de la sorte, mais on m'avait conseillé...

— Aucune importance. Vous vouliez me voir?

— Madame Clotilde Curley?

— C'est moi.

— Je suis officier de police.

— Ah?

— Je me suis permis de vous déranger pour vous prier de me donner quelques renseignements.

— Sur quoi... ou sur qui?

— Les demoiselles Sancourt. On m'a appris que vous aviez longtemps servi chez elles.

— Une dizaine d'années, deux heures par jour sauf le dimanche et les grandes fêtes.

— Vous êtes donc tout à fait qualifiée pour nous parler d'elles.

— Si je veux!

— Je pense que vous vous ferez un devoir d'aider la justice?

— Je ne vois pas très bien ce que ces pauvres filles et ce malheureux garçon pourraient avoir affaire avec la Justice?

— Sur ce point, j'espère que vous m'accorderez votre confiance?

— Non.

— Mais voyons, vous ne...

— Non, monsieur l'Inspecteur, d'abord parce que la Justice, ma vie durant, ne s'est guère souciée de moi et je me demande pourquoi je lui donnerais un coup de main? Ensuite, parce que les Sancourt ont été très bons avec moi... Pour quelles raisons, j'irais les trahir?

— Peut-être pour les sauver.

— Les sauver?

— Enfin, les laver des lourds soupçons pesant sur eux.

Devant l'entêtement de la vieille, cramponnée à son code personnel de l'honneur, le policier dut expliquer — tout en faisant jurer le silence afin de ne pas gêner l'enquête — ce qui s'était passé : la fréquentation de Lanvallay chez les Sancourt, pour Fanny, les lettres anonymes et le meurtre dans le jardin des Esses. Quand Darius eut terminé, la brave femme eut un petit rire cassé qui surprit son interlocuteur. Elle s'en excusa :

— Ce n'est pas la triste histoire que vous me racontez qui m'amuse, bien sûr, mais que l'idée soit venue à quelqu'un que ces braves filles pouvaient être mêlées à ces horreurs... On ne sait plus quoi inventer, ma parole!

— Je suis de votre avis, pour le peu que je connais de ces demoiselles. Cependant, je dois remplir mon devoir. Parlez-moi d'elles?

— Qu'est-ce que vous voulez que je vous en dise?

— Je ne sais pas, moi... Si vous les avez fréquentées durant dix années, vous devez les connaître mieux que quiconque? Mlle Félicité, par exemple...

— Oh! elle... c'était la maîtresse. Tout le monde lui obéissait, tout le monde la craignait... quoique...

— Quoique?

— Il m'est arrivé de la surprendre quelquefois en train de pleurer dans sa chambre et elle me confiait : « Ma pauvre Clotilde... si vous saviez... si vous pouviez deviner... » Mais, elle n'a jamais été plus loin dans ses confidences... Je pensais qu'un secret la rongeait, quelque chose comme un remords.

— A quel sujet?

— Malgré tous mes efforts, je n'ai pu le comprendre.

Par moments, je me demandais si elle ne faisait pas exprès de se laisser surprendre dans sa chambre...

— Si elle ne vous jouait pas la comédie?

— C'est à peu près ça.

— Dans quel but?

— Ça...

— En tout cas, Mlle Félicité régentait tout, rue Chazière?

— Du moins, elle en donnait l'impression.

— Une impression qui s'étend sur dix années!

— Deux heures par jour, n'oubliez pas, et quand j'arrivais les autres étaient presque toujours partis.

— Parlez-moi des autres?

— Oh! il n'y a pas grand-chose à raconter... M. François, c'est un malheureux... Personne ne lui demande son avis. Il obéit à ses sœurs... A force de vivre avec ces femmes, il en est venu à raisonner à leur façon... Il ne compte pas, pour tout dire. Quant aux filles, celle qui me plaisait le mieux, c'était Mlle Fulvie... Toujours de bonne humeur, elle égayait la maison... Une bonne petite qui aurait mérité de se marier. Sans doute, elle n'est pas jolie, mais la beauté ça ne se mange pas, et je suis sûre qu'elle aurait pu fonder un foyer heureux.

— Pourquoi ne l'a-t-elle pas fait?

— Il faut être deux. Les prétendants ne se pressaient guère rue Chazière, et puis Mlle Félicité avait la manière pour les obliger à repasser la porte plus vite qu'ils ne l'avaient franchie... Elle répétait qu'elle ne voulait pas que ses sœurs soient malheureuses et tant qu'elle vivrait, elle les protégerait des pièges du monde.

— Il ne vous est pas venu à l'esprit que Mlle Félicité pouvait être très... fatiguée?

— Folle? Ma foi, si, mais je n'ai jamais pu en être sûre. Une que je ne trouvais pas bien sympathique, c'était Mlle Fanny. Elle traitait les autres de haut, sauf Mlle Félicité. Toujours fourrée avec son frère François qu'elle semblait faire tourner en bourrique. Elle se disputait souvent avec son aînée mais elle n'avait jamais le dernier mot. Quant à Mlle Florence, — la plus sotte de toutes — pourvu qu'elle puisse manger et dormir, elle ne réclamait rien d'autre. Mais, celle qui m'inspirait le plus de pitié, c'était Mlle Fabienne.

— Pour quelles raisons?

— Depuis son malheur, on avait l'impression qu'elle ne vivait plus qu'en dedans et seuls, ses beaux yeux le laissaient comprendre aux autres. Elle ne parlait à personne et se trouvait à son aise avec Florence dont elle partageait la chambre, car celle-là ne posait jamais de questions.

— J'ai remarqué, en effet, les beaux yeux de Mlle Fabienne.

— Avec un regard pareil, n'importe qui passerait pour joli.

— A quel malheur faisiez-vous allusion?

— Vous n'êtes pas au courant? Mais le suicide de son fiancé!

— Quoi!

— Il y a de ça six ou sept ans, je ne me rappelle plus au juste, Mlle Fabienne était fiancée à un représentant de commerce qui l'avait connue dans la maison où elle travaille encore, du moins je le suppose, boulevard de la Croix-Rousse. Ils se sont fréquentés pendant plusieurs mois... Paul Anjou était un assez beau garçon, simple et qui m'a paru, les deux ou trois fois que je l'ai rencontré dans la maison des Sancourt, un homme plein de bon sens. Tout semblait aller le mieux du monde et puis un matin, en arrivant, j'ai trouvé Mlle Félicité en larmes. M. Paul était parti en claquant la porte et Mlle Fabienne s'était alitée. Ça m'étonnait bien un peu et je n'ai pas pu me tenir d'en parler à M. François qui veillait sur sa sœur. Il m'a avoué — parce que celui-là, un bébé lui tirerait les vers du nez — que c'était Mlle Félicité qui, au cours d'une scène terrible, avait flanqué M. Paul à la porte en lui interdisant de revenir.

— Vous a-t-il révélé la raison de ce congédiement?

— Je la lui ai demandée et ce malheureux François n'a pu que me dire : Madame Curley... vous savez comment elle est... Jamais elle ne tolérera qu'une des petites lui échappe.

— Et Paul?

— Il s'est suicidé deux jours plus tard.

— Comment cela?

— Il s'est jeté sous les roues d'une voiture rue Président Édouard-Herriot un soir, au moment de la sortie des magasins, quand il y a la grande foule, si bien que personne n'a jamais su s'il avait voulu mourir ou si on l'avait poussé.

— Un meurtre?

— Pourquoi pas? Quand il y a tant de monde, allez donc voir ce qui se passe!

— Mais qui aurait eu intérêt à tuer ce garçon?

— Qui pourrait le dire? Il devait connaître du monde pas tellement recommandable, si ça se trouve... Ces hommes qui traînent d'hôtel en hôtel, de restaurant en restaurant, ils se lient avec du drôle de monde...

Méjean n'écoutait plus. Les yeux fermés, il réentendait Félicité lui affirmer que la mort pitoyable de Lanvallay pouvait peut-être s'expliquer par ses fréquentations secrètes. Fallait-il croire que l'étrangleuse du jardin des Esses avait déjà un meurtre à son actif lorsqu'elle avait rejoint Désiré, bien décidée à le supprimer?

— Ça s'est passé quand, exactement, cet accident?

— Attendez... C'est l'année où j'ai eu mon lumbago... Donc en 1962... au mois d'octobre.

— Merci, madame Curley, vous m'avez rendu un grand, très grand service.

Méjean partit en coup de vent, laissant la vieille dame quelque peu interloquée. Dans la rue H.-Chevalier toute proche, il héla un taxi revenant du cimetière et se fit transporter jusque dans la rue de la République, au *Progrès*. Là, il obtint tout de suite la collection du mois d'octobre 1962. Il n'eut aucune peine à y trouver le récit du fait divers où le reporter concluait au suicide, car — écrivait-il — il était impensable qu'on eût voulu tuer ce charmant Anjou bien connu dans le milieu des représentants et qui y jouissait de l'estime générale. Méjean haussa les épaules et sur présentation de sa carte, convainquit le responsable des archives photographiques de chercher les clichés ayant trait à ce suicide supposé. Le policier les examina avec attention. Ce n'était pas la victime qui l'intéressait mais les gens assistant à l'événement. Soudain, il s'écria :

— Avez-vous une loupe? Passez-la moi!

Non, il n'avait pas eu la berlue. Cette fille courtaude dont l'objectif avait saisi le visage tordu par l'angoisse, c'était bien l'aimable, la souriante, la joyeuse Fulvie! Darius réquisitionna la photo et en donna décharge par écrit au préposé qui poussa un soupir de soulagement en le voyant partir car midi avait sonné depuis pas mal de temps déjà.

Un autre taxi ramena l'officier de police à la Croix-Rousse, auprès d'une Louise que les retards continuels de son époux commençaient à exaspérer. Darius coupa court aux récriminations de son épouse en criant de l'entrée :

— Je crois que ça y est!

— Qu'est-ce qui y est?

— Je commence à y voir clair!

— Tu as bien de la chance...

Frétillant comme un jeune homme au temps de ses premières amours, Darius entraîna sa Louise dans un tour de valse impromptu. Quand il l'abandonna, essoufflée et rieuse, il daigna raconter tout ce qui lui était arrivé depuis qu'il l'avait quittée le matin. De temps à autre, Louise poussait des courtes exclamations étouffées, mais quand il lui révéla la présence de Fulvie sur les lieux de l'accident ayant coûté la vie à Paul Anjou, elle ne put s'empêcher de s'écrier :

— Ça alors!

— Hein? Crois-tu? Qui aurait pu soupçonner cette bonne petite grosse si aimable, si émotive, si tendre qu'elle pleurait en parlant de celui qui avait failli devenir son beau-frère?

— Mais, Darius, es-tu certain?...

— Sa présence sur la photo prouve sa culpabilité, non? Que fichait-elle en cet endroit précis, à cette heure, alors qu'elle aurait dû se trouver à la Croix-Rousse? Tiens, je suis sûr qu'elle n'est pas allée travailler le jour où Lanvallay est mort!

— Qu'est-ce que tu vas faire?

— La démasquer d'abord, l'obliger à avouer ensuite.

— Ce que je ne comprends pas, c'est la raison qui a poussé cette fille?

— J'ai cru d'abord à la jalousie... Maintenant, je suis convaincu qu'elle a exécuté les ordres de Félicité auprès de laquelle elle se réfugie sans cesse.

— Et si tu te trompais, Darius?

— Pas question!

— Quand même, examine l'hypothèse?

— Et alors, ça me donne quoi?

— Ne te montre pas trop dur avec cette malheureuse... Si ces gens ont la mentalité que tu m'as décrite, quel choc terrible ce sera pour elle d'être amenée au commissariat?

— Je n'y peux rien.

— Je n'ai pas de conseil à te donner mais à ta place...

— Tu n'es pas à ma place et tu ne prétends pas m'apprendre mon métier, j'imagine?

***

Sans retourner au commissariat, Darius se précipita au bazar Borest afin d'y arriver avant la reprise du travail. Il eut du mal à se faire ouvrir la porte du magasin par un homme hargneux qui commença par lui demander s'il n'était pas fou de taper de cette façon et s'il ne savait pas, à son âge, que les gens avaient le droit qu'on leur fiche la paix à l'heure du déjeuner, mais la vue de la carte révélant la qualité du policier lui arrêta une partie de sa harangue dans la gorge.

— Monsieur Borest, vous pensez bien que je ne serais pas venu vous déranger à cette heure-ci si ce n'était important. D'autant plus que, nous aussi, figurez-vous, nous avons l'habitude de déjeuner... Enfin, quelquefois.

— Ça va... Excusez-moi... Des ennuis?

— Pas pour vous.

Le bonhomme parut soulagé.

— Entrez.

Derrière Méjean, le patron referma soigneusement la porte et enleva le bec de canne. Ayant conduit le policier dans ce qu'il appelait pompeusement son bureau et qui n'était qu'une resserre encombrée des marchandises de la maison, il le pria de s'asseoir en face d'un polichinelle assis sur l'angle supérieur d'un bahut et semblant considérer la scène d'un air goguenard.

— Alors, de quoi s'agit-il?

— Plutôt, de qui...

De nouveau inquiet, M. Borest protesta :

— Chez moi!

— Mlle Fulvie Sancourt travaille bien chez vous?

Pendant quelques secondes, le patron parut n'avoir pas compris, puis ses traits se détendirent et il se mit à rire. Darius grogna, vexé :

— Qu'est-ce qui vous prend?

— Pardonnez-moi, mais... que Fulvie puisse... intéresser la police... Non, je vous assure, c'est trop drôle... Si vous la connaissiez...

— Je la connais.

Intrigué, M. Borest s'arrêta de rire.

— Dans ce cas, vous avez dû vous rendre compte que la pauvre fille ne ferait pas de mal à une mouche?

— Monsieur Borest, voilà bien longtemps que je suis dans le métier, et je n'ai pas encore pu établir mon opinion sur les gens, rien qu'en les regardant ou en ne les voyant vivre que quelques heures par jour, c'est-à-dire lorsqu'ils sont en représentation pour gagner leur vie. A propos de Fulvie, pouvez-vous vous rappeler si elle s'est absentée le 23 octobre?

— Cela m'étonnerait... Elle ne bouge pratiquement jamais du magasin mais, attendez, j'ai un livre, une sorte de journal où je marque tout ce qui se passe dans la journée d'inattendu, une manie comme une autre.

Resté seul en face du polichinelle, Darius lui confia :

— Toi, tu t'en fous, mais si tu savais combien je voudrais être plus vieux de quelques secondes!

M. Borest revint, fort excité :

— Cela m'était complètement sorti de l'esprit. Fulvie, ce jour-là, nous a quittés une trentaine de minutes avant l'heure normale de fermeture.

— Monsieur, cette manie — dont en tant que policier je ne saurais trop vous féliciter — l'avez-vous depuis longtemps?

— En fait, depuis toujours.

— Vous gardez vos... journaux?

— Bien sûr!

— Peut-être possédez-vous celui ayant trait à l'année 1962?

— Sans aucun doute.

— Alors, vous allez pouvoir me dire si le 27 octobre de cette année-là, Mlle Fulvie s'est aussi absentée de votre magasin?

— C'est que... ça va demander un moment?

— Je ne suis pas pressé.

— Ah! bon... et puis manger froid ou chaud, ce n'est qu'une question de préjugés, n'est-ce pas?

De nouveau en tête-à-tête avec le polichinelle, Darius lui adressa mentalement une prière :

— Si tu as quelque pouvoir sur notre sort à tous, mon vieux, fais en sorte que je ne me sois pas trompé. Ce n'est pas que j'en veuille spécialement à cette hypocrite de Fulvie, mais j'éprouvais une tendresse fraternelle pour Désiré... et puis j'aimerais bien prouver à B.B. qu'on a eu tort de me laisser croupir à ce poste de simple officier de police. Ce serait une sacrée satisfaction d'amour-propre, avant de prendre ma retraite.

Borest reparut, intrigué :

— Effectivement, monsieur l'Inspecteur, ce jour-là, Fulvie nous a quittés à dix-sept heures.

— Merci, Monsieur. C'est tout ce que je désirais savoir.

— Est-ce que je peux me permettre de vous demander...

Méjean l'interrompit :

— Évitez-vous cette peine, monsieur Borest, je ne pourrais moi, vous répondre. Par contre, je vous recommande instamment de ne pas parler de ma visite à Mlle Sancourt quand elle se présentera tout à l'heure. Je suis dans l'obligation de vous rendre responsable. Elle ne doit se douter de rien.

— Je vous le promets.

***

Sitôt de retour au commissariat, Méjean appela deux de ses jeunes collègues et les chargea d'aller chercher Fulvie Sancourt, place Tabareau.

— Et surtout, sortez le grand jeu, hein? Soyez impénétrables! Ne répondez à aucune de ses questions! Il faut qu'elle s'inquiète. Plus elle aura peur, plus vite elle se mettra à table.

A deux heures, les policiers partirent. A deux heures dix ils étaient de retour. L'un d'eux se présenta à Darius. Il n'avait pas l'air très content de lui.

— C'est fait. Elle est là.

— Qu'est-ce qu'il y a, Jorasse? Vous avez l'air bizarre?

— Ça a été plutôt moche... Quelle corrida! Un moment, j'ai cru qu'on n'y arriverait pas avec Peloux... Elle ne voulait rien savoir pour nous accompagner et se débattait comme un animal acculé... Elle faisait pitié.

— Faut vous soigner, mon vieux, vous devenez trop sensible. Apprenez pour votre gouverne que cette douce créature qui vous a tellement ému, a peut-être tué deux hommes.

— Non?

— Si! alors, gardez vos attendrissements pour de meilleures causes, hein? Et sur ce, amenez-moi cette charmante demoiselle.

Darius dut convenir que la Fulvie poussée dans son bureau ne ressemblait plus à la petite grosse rieuse qu'il avait interrogée. Après qu'on l'eut fait asseoir, il fit signe aux agents de se retirer.

— Eh bien! Mademoiselle Sancourt?

— Pourquoi m'a-t-on arrêtée? Je n'ai rien fait de mal? Vous n'avez pas le droit! Oh! mon Dieu! mon Dieu! qu'est-ce que M. Borest va penser! et les clients! et Mlle Germaine!... Je vais sûrement perdre ma place! Mais pourquoi? pourquoi?

— Parce que vous êtes une menteuse!

Elle ouvrit la bouche comme si elle cherchait son souffle, pareille au boxeur frappé violemment au plexus solaire et qui ne parvient pas à reprendre son souffle. Méjean quitta sa place pour venir se pencher sur sa prisonnière.

— Car vous m'avez menti, n'est-ce pas?

— Non... non... non...

— Mais si... Vous étiez jalouse de Fanny quand vous avez compris qu'elle allait se marier avec Désiré Lanvallay. Vous avez essayé de briser leurs fiançailles en écrivant des lettres anonymes au commissaire Bertrand, des lettres calomniant le malheureux Lanvallay et lorsque vous avez compris que cela ne suffisait pas, vous êtes passée aux actes...

— Quels actes?

— Lanvallay avait deviné que c'était vous qui écriviez des lettres, et lorsqu'il vous a donné rendez-vous pour vous demander de vous expliquer, vous l'avez attiré dans le jardin des Esses et vous l'y avez étranglé.

— Vous... vous êtes fou!

— Prenez garde à vos paroles! sinon je vous boucle tout de suite... avec les voyous, les clochards...

Elle se mit à sangloter bruyamment, ne s'arrêtant que pour gémir :

— Non, non, non... Tout le monde m'a vue quand on m'emmenait! Je n'oserai plus regarder personne en face... On me montrera du doigt... Que dira Félicité?

— Celle-là, croyez-moi, elle aura intérêt à la boucler! Et puis, il ne s'agit pas de ça! Oui ou non, reconnaissez-vous avoir tué Désiré Lanvallay?

Fulvie, hagarde, le cheveu en désordre, voulut se jeter sur le policier en hurlant :

— Menteur! sale menteur!

La porte s'ouvrit devant B.B.

— Que se passe-t-il, Méjean?

— Monsieur le Commissaire, voici Fulvie Sancourt que je soupçonne d'avoir assassiné Désiré Lanvallay.

La vieille fille courut à Bertrand.

— Il m'a fait arrêter en public! tout le monde regardait! Je suis perdue, maintenant! j'aime mieux mourir que de retourner chez M. Borest!

B.B. la ramena jusqu'à sa chaise.

— Calmez-vous...

Il se tourna vers Darius et lui chuchota :

— Faites attention, quand même...

Méjean bondit :

— Attention? Elle est forte, celle-là!

Il revint à Fulvie dont la venue de B.B. l'avait écarté.

— Oui ou non, avez-vous assassiné Désiré Lanvallay?

— Non!

— Dans ces conditions, pourquoi avez-vous quitté le magasin plus tôt que de coutume, ce soir-là?

— Pour faire des courses!

— Quelles courses?

— Comment voulez-vous que je m'en souvienne!

— Tu ne t'en souviens pas pour la bonne raison que

tu n'as pas fait de courses. Tu as rejoint Désiré Lanvallay qui t'avait donné rendez-vous pour que tu lui fournisses des explications à propos des lettres anonymes, et tu l'as amené au jardin des Esses où tu l'as étranglé!

Le visage boursouflé par les larmes, Fulvie s'adressa au commissaire :

— Il me parle comme à la dernière des dernières, il a le droit? On va le savoir... On n'osera plus m'adresser la parole.

Très embêté, B.B. demanda à l'officier de police de surveiller son langage. Méjean en leva les bras au ciel.

— C'est le comble! Mais vous ne voyez donc pas qu'elle vous joue la comédie! Moi, elle ne m'aura pas! Fulvie Sancourt, le 27 octobre 1962, vous avez quitté le bazar à dix-sept heures, pourquoi?

— Il y a si longtemps... Je ne peux pas me rappeler.

— Oh! si, vous devriez vous en souvenir parce que c'est ce jour-là, que s'est suicidé le fiancé de votre sœur Fabienne.

— C'est vrai...

— Et pendant que ce garçon se jetait sous les roues d'une voiture, rue Président-Édouard-Herriot, où étiez-vous?

— Je ne sais pas.

— Je vais pouvoir vous rafraîchir la mémoire car moi, je le sais. Vous vous trouviez rue Président-Édouard-Herriot parmi ceux qui assistaient à la mort de Paul Anjou.

— Ce n'est pas vrai!

Sans répondre, Darius lui mit sous le nez la photographie de presse retirée des archives du *Progrès*. Fulvie ne dit rien et se contenta de pleurer.

— Alors, mademoiselle Sancourt, vous vous absentez à l'heure où l'on tue Lanvallay, fiancé de Fanny, vous vous absentez le jour où meurt Paul Anjou, fiancé de votre sœur Fabienne et on vous rencontre sur les lieux de cet accident qui pourrait bien être un meurtre, ne croyez-vous pas?

En gémissant, elle se balançait sur sa chaise, semblable à l'ours se dandinant pour plaire aux visiteurs du zoo.

En dépit des accusations lui tombant dessus, elle inspirait de la pitié, sauf à Méjean qui, semblable au limier sentant l'hallali, essayait d'obliger Fulvie à se rendre. Il n'y parvenait pas et s'en irritait.

— N'est-ce pas que c'est ça, hein? Répondez! Vous les avez tués tous les deux! Avouez, vous serez soulagée!

Dodelinant toujours de la tête, elle bavotait et ses larmes se mélangeaient à sa salive pour former un spectacle peu ragoûtant. Enfermée dans son désespoir, elle répétait :

— Je veux rentrer chez moi... Je veux rentrer chez moi... Félicité saura me défendre... Il faut appeler Félicité... Il faut appeler Félicité... Il faut appeler Félicité...

— Taisez-vous! personne ne peut vous arracher à la police si vous êtes coupable! Peut-être n'êtes-vous pas coupable... Ces crimes vous ne les avez peut-être pas commis parce que vous étiez jalouse... mais parce qu'on vous avait commandé de les commettre... Je ne me trompe pas?... c'est bien ça... On vous a ordonné de tuer Paul et Désiré... et vous avez obéi parce que vous ne savez rien faire d'autre qu'obéir...

— Il faut appeler Félicité... Il faut appeler Félicité...

— Soyez tranquille, on l'appellera... Il se peut même qu'on aille la chercher votre Félicité, car c'est elle, n'est-ce pas, qui vous a ordonné de tuer Paul il y a six ans et Désiré, il y a quelques jours?

— Il faut appeler Félicité...

— Justement! C'est Félicité qui vous a armé le bras! n'est-ce pas? Mais répondez, bon Dieu!

Le commissaire intervint sèchement :

— Ça suffit, Méjean!

Darius était si furieux de n'avoir pu obtenir l'aveu espéré qu'il en devint injuste et repensant à la vieille rancune qui le séparait de son chef, il dit avec insolence :

— Vous avez peur qu'elle avoue?

B.B. ne comprit pas tout de suite.

— Peur? Pourquoi aurais-je peur?

— De me voir réussir là où les policiers du S.R.P.J. ont échoué!

Le commissaire haussa les épaules.

— Mon pauvre Méjean, vous ne vous bonifiez pas en vieillissant. Enfin, nom d'un chien, vous ne voyez pas l'état dans lequel elle est?

— Est-ce que vous imaginez l'état dans lequel devait être Lanvallay lorsqu'il a compris qu'il allait mourir et que déjà la corde du piano lui entamait les chairs?

Sec, B.B. répondit :

— La justice et la vengeance, cela fait deux. Nous ne sommes pas payés pour assouvir des haines personnelles mais pour défendre la Justice. Je regrette que vous ayez semblé l'oublier.

Le commissaire ouvrit la porte du bureau :

— Jorasse!

Au policier qui se présentait, il ordonna :

— Prenez ma voiture et reconduisez Mademoiselle chez elle, rue Chazière. A la personne entre les mains de laquelle vous la remettrez, vous direz que Mlle Fulvie Sancourt ne doit quitter Lyon sous aucun prétexte et sans mon autorisation. C'est bien compris?

— Compris, monsieur le Commissaire.

— Alors, filez

Lorsqu'elle fut partie, B.B. avant de quitter, à son tour, le bureau de son adjoint, crut bon de remarquer :

— Si cette fille-là a tué quelqu'un, je veux bien manger mon chapeau!

Ce qui, d'ailleurs, ne l'engageait pas beaucoup car il n'en portait pratiquement jamais.

Pour tenter de se calmer — méthode qui lui réussissait d'ordinaire — Darius abandonna son bureau pour marcher à travers la Croix-Rousse dont chaque maison, chaque rue le rassurait, lui laissait entendre qu'il pouvait compter sur elle pour le réconforter, pour renforcer l'impression qu'il était chez lui où rien ne pouvait l'atteindre. Méjean éprouvait une gêne lancinante qui prenait, peu à peu, allure de remords. Il s'en voulait de s'être conduit aussi brutalement avec Fulvie. C'est vrai qu'il pensait trop à Désiré et qu'il savourait un étrange et malsain plaisir à semer le trouble chez ces Sancourt qui prétendaient échapper à la vie. Il aurait souhaité que ce fût Félicité et non Fulvie la suspecte des deux meurtres. Quel plaisir il aurait goûté à rabattre son orgueil, à lui montrer qu'elle n'était qu'un monstre malfaisant, indigne de vivre en liberté. L'excitation passée, il commençait à admettre qu'il avait été odieux avec Fulvie. Il revoyait son visage déformé par la peur et le chagrin, sa hantise du qu'en dira-t-on? et sa supplication enfantine pour qu'on demandât à Félicité de tout expliquer. Évidemment, Fulvie n'avait été qu'un instrument...

— Ça va, Darius?

— Et toi, Georges?

— On fait aller.

Il s'était arrêté le temps d'une poignée de main distraite à un ancien camarade d'école.

Une fois de plus, sans le vouloir précisément, Bertrand l'avait humilié en le rappelant à son devoir, à des règles qu'il n'avait pourtant pas pour habitude de transgresser. Au fur et à mesure que s'allongeait sa promenade, il retrouvait son calme et sa lucidité. Fulvie était certainement coupable, sinon pourquoi ces deux absences du magasin au jour et à l'heure où mouraient de mort violente les importuns ayant voulu se glisser dans la famille Sancourt?

A dix-huit heures, Méjean revenait au commissariat. A peine était-il entré que l'agent Menier s'exclama :

— Ah! chef, je suis content que vous soyez là, j'avais peur que vous ne reveniez pas... Déjà que M. le Commissaire est parti en annonçant qu'on ne le reverrait pas avant demain, alors vous pensez...

— Qu'est-ce qu'il y a?

— Une dame dans votre bureau.

— Et alors?

— C'est la dame de la rue Chazière, celle à qui Jorasse a remis la petite grosse, tantôt.

— Que veut-elle?

— Elle ne me l'a pas dit mais elle fait une de ces gueules...

— Ça vous gênerait de vous exprimer autrement, Menier?

— Excusez-moi, chef...

Intrigué, Darius se dirigea vers son repaire, Il s'agissait sans doute de Félicité qui venait se plaindre de la manière dont il avait interrogé Fulvie? Mais, pourquoi ne s'adressait-elle pas à Bertrand? En tout cas, si elle s'imaginait faire le cirque, elle trouverait à qui parler. Cette Félicité, Darius ne pouvait la souffrir.

Elle était assise, très droite. Dans ses vêtements sombres, son visage blafard, sa maigreur, Félicité impressionnait. Tout de suite, le policier attaqua :

— Je ne m'attendais sûrement pas à votre visite, mademoiselle. Que désirez-vous?

Elle leva vers lui un regard glauque, un regard mort et, distinctement, articula :

— Lâche...

Sur l'instant, Darius douta d'avoir bien entendu.

— Pardon?

Elle répéta sans y mettre plus de passion :

— Lâche...

— Ah! mademoiselle, je vous conseille de surveiller vos paroles!

Elle ne sembla pas se soucier de sa réaction.

— Qu'avez-vous fait à ma petite Fulvie?

— Votre petite Fulvie, je l'ai traitée comme elle le méritait!

— Imbécile...

Méjean explosa :

— Cette fois, vous n'y couperez pas! insulte à magistrat, dans l'exercice de ses fonctions!

Ce qui rendait le policier fou de colère, c'est qu'elle paraissait n'attacher aucune importance à ses menaces. De son côté, aveuglé par son animosité à l'égard de Félicité, il ne remarquait pas l'insolite de son attitude.

— Vous l'avez effrayée à mort.

— Tant mieux si cela peut l'amener à avouer dans les plus brefs délais!

— Avouer quoi?

— Ses crimes!

Félicité eut un ricanement douloureux.

— Accuser de meurtre ma pauvre Fulvie qui n'a jamais été capable seulement de se défendre dans la vie!

Il faut croire qu'elle avait changé à votre insu. J'ai la preuve que le jour de l'assassinat de Désiré Lanvallay elle a quitté son magasin plus tôt que de coutume.

— Et cela démontre sa culpabilité, d'après vous?

— Non, mais cela devient preuve indirecte ou

lourde de présomption lorsqu'on apprend que le 27 octobre 1962, elle avait aussi abandonné son poste avant l'heure normale et que ce jour-là, justement, mourait de façon bien bizarre le fiancé de sa sœur Fabienne, Paul Anjou.

— Un accident.

— Un accident dont — hasard de plus en plus curieux — Fulvie était témoin.

— Tout cela ne prouve rien.

— Possible mais, croyez-moi, elle aura du mal à s'expliquer sur sa présence, rue Président-Édouard-Herriot au moment où Paul Anjou se jetait ou était poussé sous les roues d'une voiture.

— Elle aura, en effet, bien du mal à s'expliquer.

— Vous en convenez?

— J'en conviens.

— Parce que vous le lui interdirez?

— Je n'ai plus rien à lui permettre ou à lui défendre.

Obnubilé par son désir d'arriver au but, le policier ne prenait pas garde au sens des répliques de Félicité.

— Même si elle vous accusait de lui avoir commandé de commettre ces meurtres?

— Monsieur l'Inspecteur, je vous plains.

Elle se leva :

— Ne comptez plus interroger Fulvie et l'affoler ainsi que vous l'avez fait cet après-midi.

— Je n'ai pas de leçons à recevoir de vous, mademoiselle et j'exerce mon métier comme il me plaît. Dès demain, j'irai chez vous interroger votre sœur.

— Non.

— Non? C'est ce que l'on verra!

— C'est tout vu. Ma sœur Fulvie s'est pendue.

Méjean eut l'impression que le décor de la pièce vacillait.

— Elle s'est...

— ...pendue, monsieur l'Inspecteur. Vous l'avez tellement effrayée qu'elle s'est sauvée dans la mort, là où les gens de votre espèce ne peuvent plus martyriser une malheureuse vieille fille qui avait gardé une âme de fillette. Les autres la prenaient pour une sotte parce qu'elle ne comprenait rien à leurs saletés. Moi, je savais qu'elle était l'innocence même... Vous étiez trop fort, trop malin pour elle. Vous l'avez terrorisée avec tout cet appareil de répression réservé aux grandes personnes. Vous ne vous êtes pas aperçu que Fulvie n'était pas tout à fait une grande personne. Vous l'avez assassinée à la façon des sadiques qui tuent les enfants sans défense. Vous pouvez être fier de vous, monsieur l'Inspecteur. Ce crime, que ne punit pas la loi, vous vaudra sans doute un avancement.

***

Depuis un moment, l'agent Menier qui se reposait, la tête sur la cloison le séparant du bureau de Méjean, s'interrogeait sur la nature de ce bruit bizarre qu'il entendait. Il ne pouvait deviner que l'officier de police Darius Méjean pleurait.

CHAPITRE V

Méjean ne se souvenait plus de la façon dont il était rentré chez lui. Depuis la visite de Félicité, il vivait dans une sorte de cauchemar éveillé. Il avait acculé Fulvie au suicide. Toutes les excuses qu'on pouvait évoquer, tous les mensonges qu'on pouvait raconter n'atténuaient en rien cette vérité : Fulvie était morte par la faute de Darius et cette idée rendait le policier à moitié fou. Attendre la fin de sa carrière pour arriver à ce joli résultat... Comment ne s'était-il pas rendu compte de la panique démente qui secouait Fulvie lorsqu'il l'interrogeait et l'accusait d'avoir commis deux meurtres? Fallait-il qu'il fût aveuglé par sa hargne contre les Sancourt pour n'avoir pas compris ce que Bertrand avait saisi du premier moment! Jamais Méjean ne se pardonnerait ce que les autres appelleraient une faute et que lui nommait un crime.

Quand il avait poussé la porte de leur appartement, Louise n'avait rien dit. Elle s'était contentée de le regarder et, tout de suite, elle avait deviné que quelque chose de bien plus grave qu'une querelle avec son patron ou un échec dans son enquête, bouleversait son mari. Elle lui avait ouvert les bras. Il s'y était réfugié à la manière d'un enfant souhaitant qu'on le débarrasse du chagrin qui l'étouffe. Elle avait murmuré :

— Qu'est-ce qu'il y a, mon grand?

— Louise... je suis un assassin...

— Ne dis pas de bêtises! Raconte...

Il avait chuchoté, à l'oreille de Louise, la suite d'événements ayant abouti à la mort de Fulvie Sancourt. Il acheva son récit à haute voix :

— Pourtant, tu m'avais prévenu mais je n'ai pas voulu t'écouter... Bertrand aussi m'a mis en garde mais je me croyais assez fort pour n'écouter personne! Darius Méjean, le policier à qui on ne la fait pas! Je l'ai rendue folle, cette Fulvie, tu comprends? Folle! Elle se voyait déjà traînée à la guillotine ou enfermée pour la vie dans une prison et, au lieu de la rassurer, je n'exaspérais que ses terreurs! Ignoble! tu entends, Louise? Ignoble, voilà ce que je suis parce que j'ai assassiné de sang-froid cette malheureuse en sachant que je ne risquais rien. Tiens! si tu n'étais pas là, je crois que je me foutrais en l'air!

— Tais-toi! assieds-toi dans ce fauteuil que je te passe tes pantoufles.

Il s'emporta.

— Voilà bien les femmes! je te parle de crimes et tu me réponds pantoufles!

— Et puis après? Lorsque tu auras tes pantoufles aux pieds, que tu auras mis ta veste d'intérieur et bu un petit verre de quelque chose de bon, tu cesseras de proférer des inepties et tu considéreras le problème en homme raisonnable au lieu de te conduire comme si tu n'étais pas majeur.

Malgré cette colère contre lui-même qui bouillonnait dans son cœur, en dépit de son amertume de n'être pas compris par l'être le plus proche de lui, il obéit parce qu'il savait, en son for intérieur, qu'une fois de plus,

Louise avait raison. Les drames les plus atroces résistent mal aux gestes familiers de la vie quotidienne. Lorsqu'il eut obéi à sa compagne, Darius se détendit dans son fauteuil qui semblait l'envelopper à la manière d'un très vieil ami sur qui l'on peut compter dans les moments difficiles. Louise prit place en face de son mari et lui ayant mis un verre de porto dans la main, elle ordonna :

— Bois!

Il but. Elle lui reprit le verre, le posa à côté d'elle sur la table.

— Maintenant, Darius, il faut que tu m'écoutes. Tu as fait ton métier, rien d'autre que ton métier. Tu as voulu obliger une meurtrière à avouer et tu n'as, pour cela, usé que des seuls moyens licites aux yeux de la loi. Ce n'est pas de ta faute si cette déséquilibrée a perdu les pédales.

— Si tu avais vu sa pauvre figure...

— Cesse de remâcher ces souvenirs. Les hommes qu'elle a tués ne devaient pas avoir un visage si joli à regarder, hein?

— C'est que, justement...

— Justement, quoi?

— Je ne suis plus tellement certain qu'elle soit l'auteur de ces deux meurtres.

— Et voilà! A présent tu vas me raconter qu'elle était innocente comme l'agneau venant de naître... Pendant que tu y es, pourquoi ne t'accuses-tu pas d'avoir assassiné Désiré Lanvallay dans le jardin des Esses?

— Tu ne me consoleras pas de cette façon!

— Tu m'énerves, à la fin! Hier, tu tenais cette fille pour une criminelle indigne de pitié et maintenant, c'est tout juste si tu ne lui décernerais pas un prix de vertu!

— Parce qu'à présent où je me sens beaucoup plus

calme, je réentends le son de sa voix et je me demande encore pourquoi, sur l'instant, je n'y ai pas reconnu le son authentique de la sincérité... Elle était trop naïve, trop simplette pour ruser avec cette maestria... Mais je ne voyais rien, je n'écoutais rien sinon ma haine contre ces Sancourt responsables de la mort de cet autre innocent qu'était Lanvallay.

— Voyons, Darius, n'exagères-tu pas dans l'autre sens? Cette famille Sancourt est composée, me semble-t-il, de filles et d'un garçon plus ou moins détraqués. Je ne me trompe pas? Alors, quoi d'étonnant que l'une ait mis fin à ses jours? Ce qui me surprendrait plutôt, c'est que les autres ne l'imitent pas! Sois persuadé que Fulvie a tué les deux fiancés de ses sœurs. Par jalousie? Par crainte de voir déranger le petit univers où ils vivent serrés les uns contre les autres? Je n'en sais rien. La seule chose dont je suis convaincue c'est qu'elle ne se serait pas suicidée si elle n'était pas coupable.

— Je donnerais n'importe quoi pour que tu aies raison!

*
* *

Autant qu'il l'avait pu, Méjean avait différé la minute qui le mettrait en présence de Bertrand. Pourtant, il ne pouvait échapper indéfiniment à cette rencontre obligée. Vers trois heures — semblable aux bourgeois de Calais se rendant auprès d'Edouard III d'Angleterre — il s'en fut frapper à la porte de B.B.

— Bonjour, Méjean.

— Bonjour, monsieur le Commissaire.

— Asseyez-vous.

Darius s'éxécuta. B.B. le regarda longuement et sans doute se rendit-il compte du désarroi profond de son subordonné, car ce fut d'un ton presque amical qu'il dit :

— Vous ne vous attendiez pas à recevoir des félicitations, je suppose?

— Non.

— Moche, ce que vous avez fait, Méjean.

— Je sais.

— Pauvre fille...

— Je suis un misérable...

— N'exagérez pas... Vous avez commis une faute grave... non pas une faute professionnelle et c'est pourquoi il n'est pas, il ne peut pas être question de sanction, mais une faute humaine... Avec votre expérience, vous auriez dû sentir que cette fille n'était pas coupable et surtout qu'elle avait tellement peur que son cerveau était en train de craquer sous nos yeux.

— Vous avez raison, monsieur le Commissaire et si professionnellement, ainsi que vous me l'avez fait remarquer, vous ne pouvez me châtier, il n'en est pas de même en ce qui me concerne. Je vous prie donc d'accepter ma démission et de la transmettre à...

— Non! Une erreur, pour si graves que soient ses conséquences, ne saurait réduire à néant une carrière aussi honnête que la vôtre... Il est dix heures. A quatorze heures, vous abandonnerez cette affaire. Je devrais vous prier de ne plus vous en occuper dès maintenant, mais je ne veux pas manquer à ma promesse. Nous nous verrons donc à quatorze heures. Je ne vous retiens pas.

— Monsieur le Commissaire...

— Oui?

— Pour vous, Fulvie n'était pas coupable?

B.B. prit un temps avant de répliquer :

— Je voudrais pouvoir vous dire que j'hésite à vous répondre mais ce serait à la fois me mentir et vous mentir. Je suis hélas! — certain que Fulvie Sancourt était innocente des crimes que vous lui avez reprochés.

Désespéré, Darius gémit :

— Mais alors, pourquoi s'est-elle suicidée?

— Je ne saurais vous l'expliquer avec certitude. Pour moi, dans vos accusations, dans vos menaces contre sa sœur et contre elle, elle a vu le bouleversement de ce monde infantile où elle vit depuis toujours avec les autres. Tenez, Méjean, je vous parie que si l'on allait perquisitionner chez ces gens, on s'apercevrait — sauf Félicité sans doute — qu'ils lisent tous des hebdomadaires illustrés pour la jeunesse. Ils doivent vivre au royaume de Mickey Mouse, de Donald, de Pluto et vous avez été le Grand Méchant Loup qui vient tout saccager.

— Peut-être, monsieur le Commissaire, mais vos réflexions pertinentes n'expliquent pas la mort de deux hommes qui avaient pour dénominateur commun d'être fiancés à des filles Sancourt.

— C'est juste... Si je vous parle de coïncidences...

— Un peu dur à avaler, non?

— Si. L'assassin doit-il être cherché à l'extérieur des Sancourt?

— Quel aurait été son but, son intérêt?

— Évidemment, une telle hypothèse est hasardeuse car il ne semble pas que l'une de ces malheureuses ait été courtisée et donc ait pu susciter des jalousies.

— Convenez, monsieur le Commissaire, que ces demoiselles suscitant des jalousies...

— Bien sûr...

— Elles ne pouvaient être aimées que par des hommes du genre de Désiré Lanvallay et ces hommes-là n'ont rien d'Othello.

— D'accord. Conclusion?

— Le meurtre de Paul Anjou — car à présent, nous

savons vous et moi, sans en pouvoir fournir la preuve, que ce pseudo-accident fut un meurtre — de même que celui de Désiré Lanvallay a été conçu et mis au point au sein de la famille Sancourt et vraisemblablement exécuté par un ou plusieurs de ses membres. La présence de Fulvie sur les lieux et à l'heure où mourait Paul Anjou m'incline à penser qu'elle fut l'instrument d'une volonté plus forte que la sienne. Un simple agent d'exécution.

— Aux ordres de Félicité?

— Aux ordres de Félicité.

— Peut-être avez-vous raison, peut-être vous fourvoyez-vous complètement? Qui nous le dira jamais?

Méjean regarda sa montre :

— Il me reste trois heures trente-sept pour tenter de vous apporter cette réponse, monsieur le Commissaire.

— Alors, ne perdez plus de temps.

***

Méjean n'avait plus de temps à perdre — comme l'avait dit B.B. — en atermoiements. Le commissaire et lui étaient intimement persuadés que Félicité se révélait l'âme de cette sombre histoire. Aussi, la dernière chance de Darius était-elle d'attaquer l'ennemi dans son repaire.

Au coup de sonnette du policier, Félicité se montra. A la vue de Méjean, elle se contenta de dire :

— Vous venez saluer votre victime, monsieur l'Inspecteur?

Il ne répondit pas. Elle le conduisit à travers l'appartement, monta un escalier, ouvrit une porte, s'effaça. Darius entra, la gorge serrée. Dans la pénombre aux senteurs lourdes, la dépouille de Fulvie reposait sur le lit. On avait recouvert d'un mouchoir de lin le visage abîmé par la pendaison. Seules les oreilles étaient visibles. Les mains jointes sur un chapelet, la robe bien tirée donnaient à la malheureuse une sorte de solennité. Darius demeura quelques instants en méditation devant cette morte pitoyable. Intérieurement, il lui demanda pardon. Estimant sans doute que sa visite avait assez duré, Félicité toucha l'épaule du policier et d'un mouvement de tête l'invita à quitter la pièce. Elle attendit qu'ils eussent regagné le rez-de-chaussée pour dire, d'une voix acerbe :

— Vous voilà rassuré, monsieur le Commissaire? Fulvie ne tuera plus personne, maintenant.

— Garce!

L'injure avait jailli de ses lèvres sans qu'il la pût contrôler. Félicité sursauta :

— C'est à moi que...

— Oui! à vous!

Sans lui en demander la permission, il l'attrapa par le bras et la poussa dans le salon. Tremblante de colère, Félicité lança :

— Vous ne pensez tout de même pas me conduire moi aussi au suicide par vos manières de brute?

— Pas de danger! Vous, vous vous contentez de faire se tuer les autres car c'est vous, vous entendez? c'est vous qui avez tué Fulvie aussi sûrement que si vous lui aviez passé la corde au cou!

— Vous êtes fou!

— Pas moi, mademoiselle Sancourt, vous! Si vous aviez élevé Fulvie autrement, elle ne serait pas restée cette attardée mentale! Mais cela vous convenait que votre frère et vos sœurs gardent des cerveaux d'enfants. Ainsi vous pouviez régner sur eux. Vous vous fichiez pas bien mal de leur avenir! Vous ne pensiez qu'à vous! Vous les avez tous écrasés sous votre poigne de fer, et cela du jour où vous avez remplacé des parents trop tôt disparus. Certes, aux yeux du monde, vous étiez la sœur aînée modèle qui se sacrifie pour ses cadets. Personne ne se doutait que la porte de la maison refermée, votre autorité transformait ces filles et ce garçon en pantins attentifs à vos moindres désirs. Quand ils ont été en âge de le faire, vous leur avez permis d'aller travailler à l'extérieur tandis que vous vous occupiez des travaux ménagers, mais vous aviez pris soin de les mettre en condition, si je puis dire. Vous leur aviez brossé un tel tableau de la société où ils étaient appelés à vivre qu'elle devait leur inspirer de l'horreur dès leurs premiers contacts avec elle, car pas un n'aurait osé mettre en doute la véracité des opinions de Félicité! Par rapport à ce qu'ils voyaient, à ce qu'ils entendaient au dehors, la petite maison de la rue Chazière leur apparaissait comme une sorte de havre où ils ne craindraient jamais rien. Sitôt leur tâche nourricière achevée, ils revenaient vers vous en toute hâte pour se mettre à l'abri. Vous les avez tous détruits au point qu'aucun d'eux n'est capable de vivre autrement que dans cet extraordinaire symbiose que vous leur avez imposée. Mais de ce qu'ils rêvaient, vous en êtes-vous jamais préoccupée?

— Ils ne rêvaient pas.

— C'est vous qui le dites!

— Je vous répète qu'ils ne rêvaient pas. Ils étaient heureux.

— C'est ce dont vous essayez de vous persuader pour tenter peut-être d'apaiser des remords tardifs!

— Je n'ai pas de remords!

— Je le regrette!

— Pourquoi?

— Parce que cela prouverait que vous avez quelque chose d'humain!

— Quelle imagination!

— Lorsque dans votre univers particulier, Fabienne a introduit Paul Anjou, vous avez compris que tout l'édifice si soigneusement bâti depuis des années, était menacé.

— Vraiment ?

— Alors, vous avez décidé de chasser l'importun. Vous lui avez signifié son congé et peut-être parce que Fabienne n'acceptait pas cette rupture, vous avez assassiné Anjou en le poussant sous les roues d'une voiture. Il est possible que celle reposant là-haut vous ait servi d'agent d'exécution.

— Si vous aviez connu Fulvie...

— Je vous connais vous et cela me suffit pour comprendre le reste. Pendant six ans, vous avez eu la paix et puis voilà que Fanny rencontre ce doux, ce paisible Désiré Lanvallay, admirablement fait pour vous comprendre, pour entrer dans votre jeu. Lui aussi ne demandait pas mieux que d'être commandé, que d'obéir... Mais sa présence a déclenché la jalousie de quelqu'un... De Fulvie, je pense car elle était la plus proche de Fanny par l'âge. Vous connaissant bien, elle se doutait qu'une enquête de police au sujet de Lanvallay vous servirait de prétexte à rompre, d'où ces lettres anonymes qu'elle remettait à ce bon Lanvallay parmi le courrier du bazar qu'elle ne portait pas à la poste le mardi et le vendredi mais gardait par devers elle sous je ne sais quel prétexte. Si vous aviez vu le visage de Lanvallay lorsque je lui révélai que les lettres anonymes étaient glissées dans le courrier du mardi et du vendredi soir... Je crois que vous auriez eu honte. Immédiatement, il a su d'où venait le coup et il m'a échappé pour ne pas accuser sans preuve. Il a trouvé le moyen, durant la journée qui a suivi ma visite, d'alerter Fulvie et de lui dire qu'il l'attendait à la sortie de son magasin mais comme elle avait son idée de derrière la tête, elle est partie une heure plus tôt de son bazar.

— Pourquoi?

— Pour vous prévenir et mettre au point avec vous le geste criminel qui vous mettrait à l'abri du scandale dont Lanvallay vous menaçait du seul fait que, désormais, il était au courant.

— Parce que c'est moi...

— Évidemment que c'est vous! Vous qui, dans cette maison, assumez toutes les besognes difficiles, celles pour lesquelles la simple obéissance ne suffit plus. Toutefois, en ce qui concerne Paul Anjou, je serais tenté de croire — comme il ne s'agissait que d'une simple poussée — que vous avez envoyé Fulvie accomplir ce sale boulot.

— J'aimais bien Fulvie... Je crois qu'elle était ma préférée... et vous vous figurez que je l'aurais transformée en meurtrière?

— Il le fallait bien pour éviter que les intrus ne pénétrassent et s'installent dans votre domaine ou ne le saccagent.

— Aussi étonnant que cela puisse vous paraître, Désiré Lanvallay ne m'était pas antipathique du tout.

— Vous mentez! Quand vous l'avez vu, vous avez compris que celui-là c'était l'ennemi. Oh! non par lui-même mais parce que, cette fois, les vôtres entendaient assurer le bonheur de Fanny et se liguaient contre vous. Lanvallay est mort, non seulement parce qu'il était importun mais parce qu'il devenait le germe d'une rébellion que vous ne pouviez tolérer!

— Et je l'ai tué?

— Et vous l'avez tué.

— Les autres qui, à vous entendre, se liguaient contre moi, m'ont laissé commettre ce crime, sans bouger, sans protester?

— Vous ne les aviez pas avertis! Et puis, la loi du clan a été la plus forte. On regrettait Lanvallay, on déplorait le chagrin de Fanny...

— Fanny est incapable d'avoir du chagrin.

— ...mais, à travers vous, toute la maison était menacée. Pour la défendre, ils ont abandonné la victime et se sont rangés à vos côtés. Est-ce que je me trompe?

— A quoi bon vous répondre?

Félicité se laissa tomber sur une chaise, enfouissant sa tête dans ses mains et murmurant :

— Si seulement je devinais ce qu'il faut faire...

— Avouer! C'est le seul moyen de laisser pénétrer un peu d'air frais dans cette demeure, de vous soulager... Vous ne pouvez plus vous en sortir. Toutes les charges s'accumulent contre vous. Le commissaire Bertrand attend un coup de téléphone de ma part pour envoyer les flics vous arrêter. C'est ça que vous voulez? Vous ne préférez pas que cela se passe gentiment, correctement entre nous deux? Vous bouclez une valise et nous partons ensemble pour le commissariat. Personne ne remarquera rien.

— Et les autres?

— Votre disparition les libérera!

— Si je vous comprends bien, il faut que je perde ma liberté pour qu'ils retrouvent la leur?

— Exactement!

Elle parut hésiter et Méjean se pencha avidement vers elle dans l'espoir d'un aveu qui l'eût comblé.

— Monsieur l'Inspecteur...

— Oui?

— Il ne vous est jamais venu à l'esprit que vous puissiez raisonner faux?

*
* *

Méjean avait quitté la maison de la rue de la Chazière, vaincu et furieux. Il était forcé d'admettre que cette Félicité était trop forte pour lui. Il n'avait aucun moyen de la confondre et cela le mettait hors de lui, tellement hors de lui qu'il faillit heurter Ulysse Nizerolles à l'angle de la rue Pailleron et de la rue du Mail, et le flanquer par terre. Le balayeur s'emporta :

— Bon Dieu de bois! pourriez pas... par exemple! c'est toi, gone? T'as le feu aux fesses, c'est pas possible?

— Excuse-moi, je ne t'avais pas vu.

— Tu ne... Des fois, tu serais pas souffrant?

— Si.

— Qu'est-ce que tu as?

— Tu ne comprendrais pas.

— Alors, tu me prends pour un ballouffe[1]? Je te remercie!

— Allons, Ulysse, ne te fâche pas... Je ne sais plus trop ce que je raconte. Il ne faut pas m'en vouloir, mais ces temps, je suis en pleine gabouille[2].

— Le boulot ou chez toi?

— Le boulot.

— Oh! ben, t'as bien tort de te bouliguer[3] l'intérieur pour des histoires de boulot! Personne ne t'en sera reconnaissant!

— C'est pour ma propre estime, Ulysse.

— Dans ce cas, d'accord!

— Et je ne peux plus m'estimer, Ulysse et je crois

(1) Ballot.
(2) Boue.
(3) Remuer douloureusement.

bien que je vais crever tellement je me sens détrancané[1].

— Et les copains, à quoi ils servent?

Ulysse posa une main fraternelle sur l'épaule de son ami.

— Amène-toi, petit, on va licher un pot, ça te ragaillardira!

Ils s'installèrent près de la fenêtre. Un journal traînait sur la table, ouvert à la chronique de la Croix-Rousse et sous le titre « Une désespérée », il y avait la photo de Fulvie. Darius ne parvenait pas à en détacher les yeux. Nizerolles regarda à son tour et commenta :

— Ces Sancourt, ils ont pas de veine... Tu la connaissais, celle-là?

— C'est moi qui l'ai tuée.

Le balayeur eut du mal à encaisser la réplique :

— Quand tu t'y mets, toi...

— Malheureusement, Ulysse, je dis la vérité...

A ce moment seulement, Nizerolles s'aperçut que son copain avait les yeux pleins de larmes. Il en fut bouleversé.

— Vieux! C'est pas vrai? Mais qu'est-ce qui t'arrive?

Il fallait absolument que Méjean parlât de son chagrin, de son désespoir plutôt, à quelqu'un. Ulysse n'était pas trop intelligent, mais il avait du cœur et il fallait avoir du cœur pour comprendre l'état d'esprit du policier. Darius raconta la manière dont il s'était conduit avec Fulvie et ce qui en était résulté. L'autre l'écouta placidement. Quand il eut terminé, Ulysse lui remplit son verre :

— Bois un coup, gone, ça débarbouille les en-dedans... A mon idée, je crois pas que tu devrais te

(1) Détraqué.

ronger les sangs. Cette pauvre catolle, elle devait pas avoir le carafon bien solide. Il a pété d'un coup, va-t-en savoir pourquoi! Et puis peut-être bien qu'elle est la coupable et que de se voir prise ça lui a fichu une telle tremblote qu'elle t'a planché[1] en s'envoyant au cimetière, direct.

Le balayeur municipal en était là de sa harangue consolatrice lorsqu'une ombre envahit brusquement la table. Il tourna la tête vers la rue pour voir la Marguerite qui, les poings sur les hanches, le regardait d'un air des moins engageants. Il gémit :

— Oh! merde! voilà ma Madelon[2]!

La dite Madelon, estimant que ses yeux furibonds n'en disaient pas assez, entra dans le café et, sans se soucier des autres clients, glapit :

— Espèce de grand gognand! quand je te demande de m'aider à porter ma balle[3] à lessive dans le grapillon[4] qui mène chez la Berthe, tu me réponds que t'as trop de travail! et voilà que je te trouve au café, comme un soûlant que t'es!

Méjean voulut intervenir. La Marguerite le mit tout de suite hors du débat.

— Monsieur Darius, je vous estime, mais c'est une affaire entre ce monstre et moi!

— Attention!

Cet « attention » fut lancé par Nizerolles sur un ton résonnant d'une telle gravité que sa femme, déconcertée, n'émit qu'une faible protestation :

— Mais...

— J'ai dit « attention! » tu m'as compris, Marguerite?

(1) Semé.
(2) Femme de Guignol, symbole de l'épouse acariâtre.
(3) Corbeille.
(4) Montée très raide.

Elle s'énerva :

— T'as dit « attention » d'accord, et puis après?

— Attention, madame Nizerolles, tu vas mal te conduire sans t'en douter!

— Elle est raide, celle-là! c'est toi que je trouve en train de vider un pot au lieu de travailler et c'est moi qui me conduis mal?

— Parfaitement! parce que tu ne sais pas!

— Qu'est-ce que je ne sais pas?

— Que je suis ici par devoir.

— Par...

— A ton avis, quand un copain rencontre un autre copain dans la peine, qu'est-ce qu'il doit faire?

— Le consoler, tiens!

— Voilà pourquoi je suis assis à cette table.

Incrédule, Marguerite s'exclama :

— Tu serais pas en train et de payer ma fiole, dis mandrin[1]?

Sans répondre, Ulysse désigna Darius du geste et Mme Nizerolles s'adressa au policier :

— Vous, monsieur Méjean, vous avez besoin d'être consolé?

— Un peu, oui.

— A cause de quoi donc, si c'est pas indiscret?

Son mari lui répondit tout en montrant la photo de Fulvie :

— Rapport à cette sampille qu'a trouvé intelligent de se zigouiller!

Marguerite ramassa le journal, contempla les traits très rajeunis de la demoiselle Sancourt et soupira :

— Ça m'étonne pas qu'elle se soit périe...

Surpris, Méjean s'enquit :

— Pourquoi?

(1) Allusion au célèbre bandit.

— Parce qu'elle a pas pu supporter la disparition de son fiancé. Ces petites grosses comme ça, elles ont l'air de rien, mais ce sont des amoureuses, des vraies!

Darius sentait que quelque chose allait se déclencher sans discerner encore ce que ce serait.

— Madame Nizerolles... Regardez bien la photo...

— Qu'est-ce que je fais d'autre?

— Voyons, ce n'est pas cette personne-là que Lanvallay rejoignait aux *Pêcheurs Réunis*?

— Mais si! Dites donc, monsieur Méjean, si mon Ulysse boit, pas moi!

Marguerite pouvait évidemment se tromper, toutefois le policier se rappelait les larmes de Fulvie lorsqu'il lui avait parlé de Désiré et le regard sec de Fanny, la fiancée qui ne pleurait pas... Pauvre, pauvre Fulvie que Méjean, stupidement, avait soupçonné du meurtre de Lanvallay, de son futur époux! Bien sûr qu'elle était innocente! Dans ce cas, pourquoi mentaient-ils tous et même Félicité qui paraissait aimer Fulvie? Or, si Félicité avait une faiblesse pour Fulvie, elle n'aurait pas plus assassiné son fiancé qu'elle n'aurait envoyé sa protégée pousser Anjou sous les roues d'une voiture. Alors, qui protégeait-on chez les Sancourt et pourquoi?

Méjean se leva et embrassa Mme Nizerolles.

— Vous ne pouvez apprécier le service que vous venez de me rendre, Marguerite... Si j'ai la chance avec moi, je remporterai peut-être le plus beau succès de ma carrière, grâce à vous. Je vous remercie du fond du cœur...

Regardant, à travers la vitre, Darius qui s'éloignait, Mme Nizerolles soupira :

— On peut pas dire, mais cet homme, il cause bien...

*
* *

Louise avait beau être habituée aux sautes d'humeur de son mari, elle se demanda si elle ne rêvait pas lorsqu'elle l'entendit entrer en chantonnant. N'en croyant pas ses oreilles elle abandonna sa cuisine et le plat de quenelles qu'elle surveillait à travers la porte vitrée de son four, pour se porter au-devant de Méjean qui, maintenant, entonnait à pleine voix :« Ninon, Ninon qu'as-tu fait de la vie? »

— Darius...

Il lui plaqua deux baisers sonores sur les joues avant de lui annoncer avec grandiloquence :

— Louise, je suis un imbécile, et Mme Nizerolles une sainte femme!

— Que tu sois un imbécile, Darius, ne m'apprend rien et la sainteté de Marguerite me laisse rêveuse.

— Non, c'est moi qui rêvais et depuis le début! Maintenant, grâce à elle, je suis réveillé!

D'un élan, Louise, emportée par sa jalousie latente, gronda :

— Je te conseille de t'expliquer, et vite!

— Ce n'était pas Fanny mais Fulvie qui était fiancée à Lanvallay!

— Et alors?

— Et alors, je voudrais bien savoir pour quelles raisons, toute la famille Sancourt a cru bon de me mentir. J'ai l'impression que si je connaissais ces raisons, j'arriverais au bout de mes peines.

Louise se fichait comme d'une guigne, pour l'instant, de l'histoire Sancourt. Elle voulait que son mari lui dise où Marguerite intervenait dans tout cela. Elle le lui assura sans ambage.

— Darius, oui ou non, vas-tu me dire ce que Mme Nizerolles...

— Oh! je t'en prie! Ne sois pas stupide!

— Ce n'est pas une réponse!

— Louise, tu me déçois!

— C'est bien dommage, mais j'attends toujours que tu me précises ce que tu fichais avec cette femme? D'ailleurs où l'as-tu rencontrée?

— Au café.

Mlle Méjean poussa un glapissement des plus lugubres.

— Tu lui avais donné rendez-vous, peut-être?

— Tiens! tu es trop idiote, à la fin! je finirai par me mettre en colère pour de bon, je préfère aller manger ailleurs!

— Chez les Nizerolles?

Ce fut plus fort que lui, Darius se mit à rire.

— Ma pauvre Louise, ce n'est pas possible qu'à ton âge, tu puisses te conduire comme une collégienne? Tu ne vois donc pas mon poil gris, mon crâne déplumé et ma figure plus tellement fraîche?

Avec une ferveur qui le toucha, elle répondit :

— Non! pour moi, tu es toujours le plus beau!

Attendri, il grogna :

— Grosse bête, va... J'étais en train de boire un pot avec Ulysse lorsque sa Marguerite nous a vus à travers la vitre. Elle est entrée pour faire une scène à son mari et voyant la photo de Fulvie sur le journal...

Il parla longuement et, malgré des plats un peu trop cuits parce qu'oubliés dans le four ou sur la cuisinière. Darius et Louise firent, ce jour-là, un déjeuner d'amoureux. Seulement, tout a une fin et lorsque la pendule sonna les deux coups de l'heure, Méjean repris par sa passion policière se hâta, tremblant d'impatience, pour mettre B.B. au courant de sa découverte qui, selon lui, changeait complètement le problème.

Il dut attendre jusqu'à trois heures un commissaire qui, plongé dans ses collections dont il étiquetait les dernières trouvailles, ne se souciait plus du temps. Quand il arriva, Darius lui laissa à peine le temps d'ôter son manteau et son chapeau avant de se précipiter dans son bureau. Enchanté par les moments qu'il venait de passer parmi ses chers et bizarres objets, Bertrand reçut son subordonné en plaisantant :

— « Nous venez-vous, Junie, annoncer la victoire? »

— Presque!

— Ah?

— J'ai découvert quelque chose qui me prouve que j'ai fait fausse route depuis le début et cela parce que la famille Sancourt m'a mené en bateau sans que je m'en rende compte!

B.B. perdit son amabilité et très froidement s'enquit :

— Méjean, nos conventions fixaient bien à aujourd'hui, début d'après-midi, le temps que je vous avais accordé pour résoudre l'énigme que vous vous proposiez d'élucider?

— Oui, mais...

— Dans ce cas, nous devons, vous et moi, respecter nos engagements mutuels. Considérez-vous comme dégagé de l'affaire Sancourt à partir de maintenant.

— Ce n'est pas possible!

— Parce que?

— Parce que vous ne pouvez pas me faire ça au moment où je touche au but!

— Je vous rappelle que c'est là une affirmation que vous me répétez depuis que vous avez mis le nez dans cette histoire.

— Mais cette fois...

— C'est ce que l'on dit toujours en pareil cas.

— Écoutez-moi, au moins!

— Non. D'ailleurs vous apportez trop de passion dans cette aventure, une passion incompatible avec votre métier de policier. N'en parlons plus, voulez-vous?

— Justement non, je ne le veux pas!

B.B. fronça le sourcil.

— Méjean, vous vous oubliez...

— Monsieur le Commissaire, je touche au but, je vous le jure! Vous savez ce que représente pour moi la mort de Fulvie Sancourt... Je vous en supplie, laissez-moi la possiblité de soulager ma conscience en vous amenant celle à cause de qui elle est morte?

— Quand?

— Ce soir... peut-être, demain sûrement.

— Sur quoi basez-vous cet optimisme à répétition?

— Sur le fait que c'était Fulvie et non Fanny qui était la fiancée de Lanvallay.

— Vous en êtes certain?

— A 90 % ... Je pense recueillir les 10 % qui me manquent dès que j'aurai quitté votre bureau.

— Pourquoi, à votre avis, ce mensonge des Sancourt?

— Parce qu'il leur fallait protéger Fanny qu'on ne pouvait soupçonner en tant que fiancée malheureuse de la victime. Nous devions soupçonner n'importe qui, sauf celle qui était supposée tout perdre avec le meurtre de Désiré.

— Si je vous comprends bien, l'auteur des meurtres serait Fanny Sancourt?

— Je le crois.

— Admettons que cette fois vous ayez vu juste. Pourquoi ces crimes?

— Comptez sur moi pour le lui faire avouer.

— Soit. Allez-y, mais rappelez-vous quand même ce qui est arrivé à Fulvie après votre interrogatoire.

— Je ne pense pas pouvoir l'oublier jamais, monsieur le Commissaire.

— Je ne bougerai pas de mon bureau. Vous pourrez m'y toucher durant l'après-midi. Je vous accorde un dernier délai de vingt-quatre heures. Vous m'entendez bien, Méjean? le dernier.

— C'est entendu, monsieur le Commissaire. Merci.

***

Il était à peu près quatorze heures trente lorsque Méjean salua le joyeux droguiste Escragnolles.

— Vé! Monsieur le Commissaire! Prendriez-vous goût à la maison? Je serais content de vous compter parmi ma sympathique clientèle.

— Je ne dis pas non, monsieur Escragnolles car vous êtes l'amabilité même.

— Vous me flattez, monsieur l'Inspecteur.

— Pas du tout et la preuve est que je vais faire de nouveau appel à votre obligeance et je suis certain que vous ne me la refuserez pas.

Le droguiste éclata de rire.

— Vous êtes un malin, monsieur l'Inspecteur... Vous m'avez amené juste là où vous vouliez que j'aille. Le moyen de dire non, maintenant, hé? Alors, qu'est-ce que vous désirez?

— La permission de bavarder tranquillement avec Mlle Sancourt.

— Si je ne savais pas la petite aussi sérieuse, monsieur l'Inspecteur, j'aurais des doutes! Allez, je plaisante... Vous connaissez le chemin de mon cabinet secret, hé? Patientez seulement, je vous envoie Fanny.

Elle vint, raidie dans sa robe noire, l'air toujours

aussi dur et se tint droite devant le policier, sans prononcer un mot.

— Bonjour, mademoiselle Sancourt.

Elle ne répondit pas. Il insista :

— Je vous ai dit bonjour, la simple politesse...

Elle l'interrompit d'un ton âpre :

— Pourquoi serais-je polie avec l'assassin de ma sœur!

— Voyez-vous ça! Mademoiselle Sancourt, il y a assez longtemps que vous et votre famille, vous vous moquez de moi. Je n'ai plus de temps à perdre. Vous allez répondre à mes questions ou je vous embarque, c'est clair? Asseyez-vous?

Subjuguée, Fanny cédant au réflexe d'obéissance qui lui était familier, se conforma à l'ordre reçu.

— Savez-vous ce que je suis venu vous dire, mademoiselle Sancourt?

— Vous allez me l'apprendre, je suppose?

— Que vous êtes une bien piètre comédienne.

— Je ne saisis pas?

— Voyez-vous, quand on espère donner le change et persuader le Monsieur qui vous interroge qu'on souffre beaucoup de la mort de son fiancé, il est préférable de pleurer. Or, lorsque je vous ai parlé de Lanvallay vous avez gardé les yeux secs alors que votre sœur Fulvie, par exemple, ne pouvait retenir ses larmes.

— Je pleure très difficilement et les signes extérieurs ne démontrent pas l'intensité du chagrin ressenti!

— En l'occurrence, si.

— Pourquoi?

— Mais, parce que vous n'aviez aucune raison de sangloter sur la mort de Désiré Lanvallay...

— Vous trouvez que...

— ...puisque vous n'étiez pas sa fiancée. Pour quel motif m'avez-vous menti, mademoiselle Sancourt?

— Je vous assure...

— Cessez ce jeu stupide. J'ai la preuve formelle que c'était Fulvie et non vous que Lanvallay rejoignait le mardi et le vendredi aux *Pêcheurs Réunis* dont j'arrive à l'instant et où l'on m'a confirmé la chose. Dans quel but, cette comédie?

Elle baissa la tête et d'une voix presque inaudible :

— J'étais jalouse.

— Je ne comprends pas?

— Je suis la plus jeune et la plus jolie, pourquoi serait-ce moi qui aurais dû rester pour compte alors que cette grosse sotte de Fulvie n'avait rien pour attirer un homme!

— Il faut croire que si.

— Parce qu'il était aussi stupide qu'elle!

— Alors... les lettres anonymes, c'est vous?

— Oui... Je ne voulais pas que Fulvie se marie puisque moi, je ne trouvais pas d'épouseur!

— Et Lanvallay, par mes soins, a compris qu'il s'agissait de vous, car vous lui confiiez du courrier les deux soirs où il venait dîner avec votre famille.

— J'emportais le courrier de M. Escragnolles comme je le fais chaque jour pour le porter à la poste mais ces soirs-là, je le gardais pour le remettre à Lanvallay.

— Il est venu ici vous dire qu'il était au courant de vos sales manœuvres?

— Non, le jour de sa mort, il m'attendait dehors à midi. J'ai été surprise de le voir, pas inquiète... Je ne me doutais pas. Toutefois, quand il m'a appris qu'il voulait me parler sans témoin, j'ai commencé d'avoir peur. Il m'a donné rendez-vous pour 20 heures au Clos-Jouve.

— Presque à côté du jardin des Esses. Vous y êtes allée?

— Non.

— Vraiment?

— J'ai préféré tout raconter à Félicité. Elle a commencé par piquer une colère terrible et elle m'a défendu de me rendre à ce rendez-vous. D'ailleurs, vous pouvez demander à M. Escragnolles, je suis restée jusqu'à vingt heures trente au magasin à cause de l'inventaire et il m'a ramenée dans sa voiture chez moi.

— Soyez sans crainte, je vérifierai. Qui s'est rendu auprès de Lanvallay à votre place?

— Comment voulez-vous que je le sache?

— Vous me prenez pour un imbécile, vous aussi, comme cette chère Félicité?

— J'ignore qui a tué Lanvallay. En tout cas, ce n'est pas moi!

— L'aveu de votre faute à Félicité ne m'explique pas la substitution de fiancées?

— Quand on a été au courant par le journal du meurtre de Lanvallay, ma sœur a décidé toujours à cause des lettres anonymes — de déclarer que c'était moi la fiancée de Lanvallay. Elle pensait qu'ainsi on ne me soupçonnerait jamais du meurtre si on apprenait que j'étais l'auteur des lettres...

— Je dois reconnaître qu'elle voyait juste. Félicité est une femme de tête.

Fanny confessa :

— Elle est la plus intelligente de nous tous.

— Malheureusement pour vous.

Il y eut un silence pendant lequel Darius scrutait le visage de son interlocutrice. Une femme sournoise, assurément, peut-être rusée, mais ne possédant pas l'intelligence suffisante pour monter tout cet imbroglio où la police eût été bernée sans le hasard venu à son aide sous les traits de Marguerite Nizerolles.

— Monsieur l'Inspecteur... est-ce que vous allez m'arrêter?

— Je le devrais!

— Les lettres...

— Ah! oui, les lettres... J'ignore ce que décidera le commissaire Bertrand. Pour moi, j'estime que vous avez été assez punie car, désormais, jusqu'à votre propre mort vous penserez que vous avez été cause de celle de Fulvie et peut-être de celle de Lanvallay.

— Non!... Je ne suis pour rien dans le meurtre de Lanvallay!

— Mais quelqu'un de votre famille...

— Non!

— Enfin, il ne s'est pas étranglé tout seul! Et qui donc, à part vous et Félicité, savait qu'il vous attendrait au Clos-Jouve?

— Je l'ignore.

— Vous ignorez aussi qu'il y a six ans, on a tué Paul Anjou?

Elle parut sincèrement étonnée.

— Paul? Mais, il a été victime d'un accident!

— Mademoiselle, vous et tous les vôtres risquez de passer un sacré moment en prison pour recel de malfaiteur et complicité dans les meurtres de Paul Anjou et de Désiré Lanvallay.

Elle eut un cri de révolte.

— Mais on n'y est pour rien!

Méjean ne pouvait encore démontrer le contraire.

***

Le commissaire Bertrand écoutait Darius, hochant la tête en signe d'approbation. Lorsque l'officier de police eut achevé son récit, B.B. donna son avis.

— Je vous parle très sincèrement, Méjean, et en me

plaçant du seul point de vue de la loi. Vous n'apportez aucune preuve qui me permette d'arrêter ou de faire arrêter Félicité Sancourt. Des tas de présomptions, d'accord, mais vous savez aussi bien que moi que ce n'est pas suffisant. De quoi sommes-nous certains? Que Fanny a écrit les lettres anonymes et — puisque vous avez eu confirmation de ses dires par son patron — qu'elle n'est pas allée au rendez-vous de Lanvallay. Par elle et par elle seule, nous avons appris qu'elle s'était confiée à sa sœur Félicité qui lui avait interdit de rejoindre la future victime... Félicité a abusé volontairement la justice et fait entrave à notre enquête, soit. De quelle façon prouver qu'elle est, qu'elle fut la meurtrière?

— Mais enfin ce que Fanny a raconté sur son rendez-vous avec Lanvallay?

B.B. lui coupa la parole.

— Méjean, vous-même avez reconnu que dans cette famille ils sont tous plus ou moins cinglés et terrorisés à la perspective de voir leur existence familiale étalée au grand jour. Qu'est-ce qui vous assure que Fanny — comme Fulvie — n'a pas cédé à l'affolement et ne vous a pas raconté n'importe quoi pour que vous vous en alliez, pour que vous lui fichiez la paix? Vous voulez mon avis? Ce n'est pas de policiers mais de psychiatres dont ils ont besoin vos Sancourt!

— Si les aveux ne vous intéressent pas...

— Ils m'intéressent quand ils sont passés dans le calme, avec sang-froid. Depuis que vous avez vu la photo de presse, vous prétendez que Paul Anjou n'a pas été victime d'un accident mais d'un meurtre. Comment vous proposez-vous de le démontrer? Si Fanny revient sur ce qu'elle vous a dit et nie être l'auteur des lettres anonymes, de quelle façon vous y prendrez-vous pour faire apparaître ses mensonges? Je vais plus loin :

ce n'est encore que par elle que vous êtes au courant de sa rencontre avec Lanvallay à la sortie de son magasin. Si elle prétend qu'elle a raconté n'importe quoi pour vous être agréable, que répondrez-vous? Enfin, si cette Félicité est aussi forte que la réputent ses cadets, vous pouvez être tranquille, elle donnera les ordres nécessaires pour réduire à néant le bénéfice que vous vous imaginez avoir retiré de vos entretiens avec Fanny Sancourt.

— En somme, ma seule chance serait que Félicité se mît à table?

— Je crois, en effet, que c'est la seule.

***

Méjean avait quitté le commissaire Bertrand dans un grand état d'exaspération. Réfugié dans son bureau, il avait, pendant le reste de l'après-midi, échafaudé mille plans pour amener Félicité Sancourt à se reconnaître vaincue, sans réussir à trouver quelque chose qui le satisfît.

Fidèle à sa méthode curative, vers dix-huit heures, il s'offrit une bonne marche dans sa Croix-Rousse. Tout naturellement, parce que son esprit était obsédé par les Sancourt, il se dirigea vers la rue Chazière. Quand il prit conscience de l'endroit où il se trouvait, il décida d'aller, une fois de plus, rendre visite à Félicité Sancourt, ce sphinx qui l'inquiétait et l'irritait. Il poussa la petite porte dans le mur d'enceinte et, de nouveau, se trouva dans le jardin. La silhouette des arbres se découpant sur le ciel nocturne le fit penser à Fulvie. Un flot de lumière jaillissait d'une fenêtre du rez-de-chaussée dont on avait omis de fermer les volets. Instinctivement, Méjean s'écarta du pinceau lumineux, atteignit la maison et jeta un regard dans la pièce éclairrée. Ce qu'il vit faillit le faire crier de surprise. Assise sur un tabouret, Félicité pleurait toutes les larmes de son corps. Ainsi, l'indomptable était brisée. Une sorte de bien-être pénétra Darius en même temps qu'un étrange malaise. Il ne savait ce qui le retenait de se précipiter dans la demeure des Sancourt et de profiter du désarroi de Félicité pour la contraindre à l'aveu. A cet instant, la vieille demoiselle releva la tête et stupéfait, le policier s'aperçut qu'elle avait le visage marbré de coups et que le sang coulait d'une plaie du cuir chevelu. Darius n'y comprenait plus rien. Qui donc avait rossé Félicité et pourquoi? Il lui parut que le plus sage était de téléphoner au commissaire Bertrand et de le prier de le rejoindre au plus vite. L'état physique de Félicité justifiait la venue des policiers et si elle parlait, il y aurait suffisamment de témoins pour mettre un terme à cette histoire.

Méjean ressortit du jardin sans faire plus de bruit qu'en y pénétrant. Dehors, il fila en direction du café le plus proche, convaincu d'arriver bientôt au but, il prit dans la poche de son gilet le cigare qu'il se réservait pour l'après-dîner, décidé à se l'offrir afin de marquer cet instant mémorable. Il s'arrêta et, armé de son canif, coupa avec précaution, l'extrémité de son havane. Brusquement, quelque chose lui passa devant les yeux et presqu'aussitôt une douleur atroce lui meurtrit la gorge. En un fragment de seconde, Méjean sut qu'il allait mourir étranglé comme Lanvallay avec cette sacrée corde de piano. Ce qui le sauva fut qu'il n'avait pas lâché son canif et qu'avec rage, avec frénésie, il frappa derrière lui sans relâche le corps de son agresseur. Il entendit gémir, pleurer à la façon d'un enfant. Avant de perdre conscience, il perçut un cri :

— Hé! là-bas! qu'est-ce qui se passe?

***

Darius refit surface sous l'impression de fraîcheur lui enveloppant le cou. Il mit un certain temps à réaliser qu'il se trouvait dans un café, assis sur une chaise et qu'une bonne femme lui maintenait une compresse mouillée sur la gorge. Quelqu'un dit :

— Il revient!

L'infirmière improvisée lui tapota maternellement la joue.

— Ça va mieux?

Il eut de la peine à parler.

— Oui... merci.

Le patron, homme de foi, lui tendit un petit verre de marc de Bourgogne.

— Sifflez-moi donc ça... Du moment qu'y a rien de cassé, ça vous remettra.

Méjean crut avaler du feu mais la couleur lui revint aux joues. Un employé des P.T.T. lui montra un objet.

— Regardez avec quoi on a voulu vous étrangler...

Le policier sursauta. Ce n'était pas une corde de piano mais un fil à couper le beurre.

— Vous avez eu de la veine que je passe par là avec les copains.

— Je crois bien, mon vieux, que vous m'avez sauvé la vie... Je ne sais pas si ma femme vous en sera reconnaissante.

On rit de la plaisanterie bien dans la tradition qui montrait que le blessé reprenait du poil de la bête. La patronne déclara :

— Faudrait appeler l'hôpital...

Méjean protesta :

— Pas besoin d'hôpital.

— Allez au moins chez le pharmacien qu'il vous mette un pansement sur la corgnole, bon sang!

Après avoir remercié ses bons Samaritains, Darius se rendit dans une pharmacie du voisinage accompagné du seul fonctionnaire des P.T.T. Le pharmacien fit une grimace dubitative quand il eut regardé le cou de son client et qu'on lui eut expliqué les circonstances de l'agression. Il maugréa :

— Je suis obligé d'avertir la police.

— Ne vous donnez pas cette peine... Elle est là la police... Officier de police Méjean...

Pendant que le pharmacien désinfectait la coupure et mettait un pansement au blessé, l'agent des Postes, sur les indications de Darius, téléphonait au commissaire Bertrand et lui donnait l'adresse où son adjoint le priait de venir avec l'officier de police Jorasse.

Lorsque B.B. arriva en compagnie de Jorasse, il entraîna tout de suite Darius dans le laboratoire au grand dépit du P.T.T. qui aurait bien voulu assister à l'entretien pour pouvoir le raconter aux copains.

— Ça va, Méjean?

Il y avait une inquiétude si nette dans la voix de son supérieur que Darius répondit, sans y prendre garde.

— Ça va, patron.

— Vous pouvez raconter?

Méjean raconta. Quand il eut terminé, B.B. s'enquit :

— Vous savez qui est votre agresseur?

— Je m'en doute... pour ne pas dire que je le sais.

— Si vous ne l'avez pas vu...

— Mais il a laissé son arme.

Le commissaire examina ce que lui tendait Darius.

— Un fil à couper le beurre?

— Oui.

— Méjean, il y a quand même quelque chose qui

me turlupine... Comment avez-vous pu blesser assez gravement votre agresseur pour l'obliger à lâcher prise, avec ce petit canif de rien du tout?

— Parce que, patron, et c'est vous qui l'avez remarqué : à part Félicité, tous ces Sancourt sont des enfants attardés et un enfant ne supporte pas la douleur.

— Admettons. Qu'est-ce qu'on fait maintenant?

— On rend visite à Mlle Félicité.

***

Florence ouvrit aux policiers. Elle paraissait endormie comme à l'ordinaire. Darius l'écarta doucement et, suivi de B.B. et de Jorasse, pénétra dans le salon où Fabienne pansait les plaies de Félicité, en présence de Fanny. A la vue des policiers, elles parurent toutes se figer dans le mouvement qu'elles étaient en train de faire ou d'esquisser. Fanny recula pour se placer derrière le fauteuil occupé par l'aînée et fixa les arrivants d'un regard épouvanté. Félicité écarta doucement Fabienne.

— Merci, mon petit...

Il y avait une telle douceur dans la voix de cette femme appelant « mon petit » une fille ayant dépassé la cinquantaine que les trois hommes eurent le sentiment d'être les témoins de quelque chose qu'ils ne pouvaient pas comprendre, qui les dépassait. Sur son siège, Félicité se redressa et affronta les visiteurs. Chef, elle reprenait à son compte la bataille qui se préparait. D'un ton sec, elle demanda :

— Qui êtes-vous? Que voulez-vous?

Darius répondit :

— Pour moi, vous me connaissez. Voici le commissaire Bertrand et l'officier de police Jorasse. Nous sommes venus vous annoncer que c'était fini.

— Qu'est-ce qui est fini?

— Tout à l'heure, on a essayé de me tuer en m'étranglant comme Désiré Lanvallay, avec ça!

Il jeta le fil à couper le beurre sur les genoux de Félicité et ajouta doucement :

— Vous ne croyez pas que cela suffit, maintenant?

Brusquement, elle enfouit sa tête dans ses mains et se mit à pleurer tout en gémissant :

— Je ne peux plus... Je ne peux plus... Je n'ai pas le droit...

Florence — qui avait rejoint ses sœurs dans le salon — voyant pleurer Félicité, éclata en sanglots. Elle fut bientôt imitée par Fabienne et Fanny. On se serait cru dans une nursery. Les policiers échangeaient des coups d'œil gênés. Une drôle de situation. Félicité cessa de verser des larmes, se leva et, d'une voix brisée, s'adressa à ses interlocuteurs :

— Suivez-moi... Je vais trahir le serment fait à des morts mais je ne saurais continuer de la sorte.

Derrière elle, ils montèrent silencieusement au premier étage. Arrivée devant une porte, l'aînée des Sancourt prêta l'oreille puis, se tournant vers ses accompagnateurs, mit un doigt sur ses lèvres. A sa suite, ils pénétrèrent dans une chambre où elle donna la lumière. Dans son lit, les draps tirés jusqu'au menton, François Sancourt dormait. On eût dit d'un gamin incroyablement vieux et fripé. Darius se plaça près de Félicité tandis que B.B. et Jorasse se mettaient de l'autre côté du lit. Mlle Sancourt secoua doucement le dormeur qui s'éveilla et tout de suite s'affola à la vue de ces inconnus. Il attrapa la main de sa sœur et s'y cramponna :

— Qui sont ces gens, Féli?

Elle se pencha sur lui.

— Tu vas te montrer très raisonnable, François... Ces Messieurs sont venus te chercher.

— Je ne veux pas!

— Il le faut!

— Pourquoi?

— Parce qu'ils savent que tu as tué Paul Anjou et Lanvallay.

— Mais il le fallait! Dis-leur, Féli, que c'était obligé, sans ça ils se seraient installés chez nous!

B.B. tapa sur l'épaule de François.

— Levez-vous et habillez-vous.

— Non! Non! Non!

La scène qui suivit fut extrêmement pénible pour tous. Ses forces décuplées par la terreur, François se débattait comme un diable, agrippant sa sœur par la taille et ne voulant plus la lâcher, griffant celui-ci, tentant de mordre celui-là. Pour en venir à bout, il fallut que Jorasse lui passât les menottes. En s'agitant, le meurtrier avait fait se rouvrir la plaie qu'il portait au flanc et due au canif de Méjean.

Au bas de l'escalier, les autres sœurs agglutinées en un petit groupe, regardèrent emmener leur frère. Jorasse, parti avec son prisonnier, le commissaire et Darius s'enfermèrent avec Félicité dans le salon. Ils se doutaient que les autres écoutaient à la porte. Cela n'avait aucune importance. Bertrand dit :

— Maintenant, mademoiselle, j'attends vos explications.

Elle ne répondit pas tout de suite. Ils ne la brusquèrent pas. Quand elle se décida, elle parla d'une voix sourde, monocorde. Méjean pensa, il ne savait pourquoi, à l'écoulement feutré d'une source souterraine.

— Tout est venu, je pense, de ce que nous eûmes pour père un homme trop vieux et taré. Il buvait à en perdre la raison et lorsqu'il était ivre, il frappait sa femme et nous cognait dessus. François surtout était son souffre-douleur. Il s'acharnait contre lui. Ce que fut notre enfance, nul ne saurait l'imaginer. Toute cette misère, toute cette souffrance qu'il fallait endurer sans bruit pour que les voisins — heureusement assez éloignés — ne se doutent de rien. La bonne réputation, vous comprenez? Quand mon père est mort, j'avais dix-huit ans, la dernière, Fanny, deux ans. Ma mère était à bout de forces. Je la remplaçais depuis longtemps. Elle est morte six mois après mon père comme si elle ne pouvait s'habituer à la paix enfin retrouvée. Avant de mourir, elle m'a fait jurer de protéger mes cadets et surtout le malheureux François pour qui elle éprouvait une secrète faiblesse, sans doute parce qu'il avait été le plus martyrisé de tous. Sans le savoir, ma pauvre mère s'est conduite en criminelle. Par souci de la réputation de la famille, elle n'a pas voulu arracher ses enfants aux griffes du dément qu'elle avait pour époux. Le résultat est qu'à part moi — peut-être parce que je suis née la première et que mes parents n'étaient pas encore trop gravement atteints? — mon frère et mes sœurs sont tous des déficients mentaux. L'exemple de leur père leur inspira une peur panique des hommes... Ils ont continué à vivre serrés les uns contre les autres comme au temps des délires paternels. J'ai tout tenté pour les rendre semblables aux gens de leur âge. J'ai échoué. Au prix d'efforts que je ne saurais vous énumérer, je suis parvenue à les obliger à travailler, sinon nous serions morts de faim. Mais, sitôt leur tâche achevée, ils accouraient vite se mettre à l'abri de périls inventés, près de moi, dans la « maison ».

« Un jour, j'ai compris que François avait hérité du caractère de son père. Craintif et cruel, caressant et sadique, il se mit peu à peu à nous imposer ses volontés en frappant ses sœurs qui ne savaient pas se défendre parce qu'inhibées par le souvenir paternel. Il m'a fallu reprendre la lutte qu'avait menée ma mère et, comme elle, je me conduisis malhonnêtement, en ne le livrant pas aux psychiatres mais, il faut que vous essayiez de me comprendre... J'avais promis à maman. Il me craignait, du moins sur l'instant. Ce soir, pour la première fois, il a levé la main sur moi sous prétexte que Fanny avait été interrogée par la police et que je ne lui avais pas défendu de parler. De là à prétendre que je souhaitais me débarrasser de lui...

Darius demanda :

— Fanny lui avait donc téléphoné après mon départ?

— Oui... il n'y a pas le téléphone ici.

Le commissaire remarqua :

— Mon collaborateur avait deviné dans ses grandes lignes l'état de santé mentale de votre famille. Je ne vous excuse naturellement pas, mademoiselle, mais je vous plains. Parlez-nous des meurtres, maintenant?

— Lorsque Fabienne m'a raconté qu'elle avait rencontré un homme de son âge à qui elle semblait plaire, j'ai cru qu'elle, au moins, serait sauvée. Si vous aviez vu comme elle avait subitement embelli, notre Fabienne... Paul Anjou est venu souvent à la maison. On l'a bien reçu et je me figurais que tout se passerait bien, jusqu'au soir où, au cours d'une scène terrible, François a hurlé qu'il ne permettrait pas à un intrus de s'installer chez nous, ni qu'il autoriserait l'une de nous à quitter la maison. Nous avons tenté de le raisonner, mais il n'y avait rien à faire. Il était complètement fou. Pourtant, nous nous sommes perduadées qu'il se calmerait. Le lendemain, souffrante, je m'étais assoupie dans un fauteuil. J'ai été réveillée par un bruit de conversation. J'ai reconnu les voix de François et de Paul. Le premier disait au second qu'il s'était passé des choses graves depuis sa dernière visite et qu'ils en parleraient le soir même, s'il voulait bien se rendre rue Président-Édouard-Herriot à telle heure devant tel magasin où François avait soi-disant un rendez-vous de travail. Après le départ de Paul, j'ai interrogé mon frère qui m'a assuré vouloir arranger les choses. Cependant, méfiante, j'ai envoyé Fulvie sur place pour intervenir en cas où une querelle éclaterait et c'est ainsi qu'elle a vu François pousser Paul sous les roues d'une voiture. Mise au courant, j'ai réussi à obtenir de Fulvie qu'elle se taise. Pour François, j'ai été à deux doigts de le dénoncer, mais il s'est traîné à mes pieds, il m'a inspiré à la fois de l'horreur et de la pitié. Je me suis tue. Je vous laisse à penser ce que fut le désespoir de Fabienne qui, depuis, ne nous adresse pratiquement plus la parole.

— Et Lanvallay?

— Le même drame a recommencé, seulement je surveillais étroitement François. Peut-être se serait-il incliné si cette sotte de Fanny n'avait envoyé ces stupides lettres anonymes pour calmer sa jalousie. Le malheur a voulu que mon frère entendît la confession qu'elle me fit. Sans m'en avertir, c'est lui qui s'est rendu au Clos-Jouve... Vous connaissez la suite. Moi seule, en dehors de mon frère, suis coupable. Mes sœurs ne se doutent de rien. Peut-être ont-elles eu de vagues soupçons... Il n'y avait que Fulvie pour les mettre au courant et elle est morte. Vous m'emmenez?

— Vous le redoutez?

— Pas pour moi. Qu'est-ce que vous pensez qu'à mon âge, je puisse espérer de la vie? Mais elles, que vont-elles devenir sans moi?

*
* *

Ils n'avaient pas emmené Félicité, le commissaire Bertrand voulant laisser au juge d'instruction le soin de prendre une décison après qu'il lui aurait expliqué de quelle façon les choses se présentaient.

— Comment avez-vous deviné qu'il s'agissait de François et non d'une de ses sœurs?

— D'abord les gémissements de mon agresseur blessé par mon canif ne m'avaient pas paru sortir d'une gorge féminine ensuite, le fil à couper le beurre, on s'en sert surtout dans les crèmeries, et c'est dans une crèmerie que François est caissier. Ah! patron, si je m'étais interessé tout de suite à l'arme du crime, j'aurais sûrement abouti plus vite et Fulvie serait encore de ce monde.

— Ne pensez plus à cela, mon vieux. Vous avez fait du bon boulot. Je le préciserai à ceux qui doivent le savoir.

Abandonnant sa voiture, B.B. avait raccompagné Méjean jusqu'à sa porte. Celui-ci sentait que son chef souhaitait lui confier quelque chose mais qu'il hésitait. Il se décida au moment où il lui tendait la main pour prendre congé.

— A propos, Darius, ma femme m'a affirmé qu'elle avait lu dans un article qu'on pouvait mettre du fromage dans le gratin dauphinois.

Ne tenant pas à se montrer moins généreux que B.B., Méjean protesta :

— Alors, c'est un article écrit par un ignorant!

— Bravo! Dites tout de suite que Georgette lit des feuilles ineptes!

— C'est quand même malheureux que vous vouliez toujours avoir raison!

— Et vous, que vous refusiez d'avoir tort!
— Vous ne changerez jamais!
— Rien ne vous modifiera!
— Avouez que vous avez un caractère de chien?
— Auprès du vôtre, il peut passer pour angélique!
Soudain, on entendit une clef tourner dans la serrure et la porte des Méjean s'ouvrit devant une Louise en robe de chambre et criant :
— Qu'est-ce que c'est...
Les mots expirèrent sur ses lèvres en reconnaissant les discuteurs. B.B. l'apostropha :
— Madame Méjean, sous prétexte que je lui concède qu'on peut mettre du fromage dans le gratin dauphinois, il se met à prétendre le contraire!
Darius protesta :
— Louise, je t'en prie, répète-lui qu'on ne met jamais de fromage dans le gratin dauphinois sous peine d'hérésie culinaire!
Indignée, elle rugit :
— Comment? Tu veux que ce soit moi qui lui dise ça?
Alors, ils se regardèrent tous les trois et, ensemble, éclatèrent de rire.

DERNIERS VOLUMES
PARUS DANS LA COLLECTION
LE CLUB DES MASQUES

IMPRIMÉ EN FRANCE PAR BRODARD ET TAUPIN
7, bd Romain-Rolland - Montrouge.
Usine de La Flèche.
ISBN : 2 - 7024 - 0028 - 0

H 31/0288/6